LUIZ RUFFATO

ICH WAR IN LISSABON UND DACHTE AN DICH

LUIZ RUFFATO wurde 1961 in Cataguases im brasilianischen Bundesstaat Minais Gerais geboren und wuchs in einer armen Migrantenfamilie auf. Er arbeitete u.a. als Verkäufer und Mechaniker und studierte Journalismus. Im Jahr 1998 veröffentlichte er einen ersten Band mit Kurzgeschichten. Drei Jahre später folgte der Roman »Es waren viele Pferde« (*Eles eram muitos cavalos*), der die brasilianische Literatur revolutionierte, von der Kritik enthusiastisch aufgenommen und u.a. mit dem Prêmio Machado de Assis der brasilianischen Nationalbibliothek ausgezeichnet wurde.

Zwischen 2005 und 2011 schrieb Luiz Ruffato den fünfbändigen Zyklus »Vorläufige Hölle« (*Inferno próvisorio*), der auf Deutsch bei Assoziation A erscheint (»Mama, es geht mir gut«, 2013; »Feindliche Welt«, 2014).

Luiz Ruffato lebt in São Paulo.

LUIZ RUFFATO

ICH WAR IN LISSABON UND DACHTE AN DICH

Aus dem Portugiesischen von Michael Kegler

ASSOZIATION A

Titel der Originalausgabe:
Estive em Lisboa e lembrei de você (Companhia das Letras, São Paulo 2009)

MINISTÉRIO DA CULTURA
Fundação BIBLIOTECA NACIONAL

Obra publicada com o apoio do Ministério da Cultura do Brasil/
Fundação Biblioteca Nacional
Veröffentlicht mit Unterstützung des brasilianischen Kulturministeriums

2. Auflage 2016

Assoziation A, Gneisenaustraße 2a, 10961 Berlin
www.assoziation-a.de, hamburg@assoziation-a.de, berlin@assoziation-a.de
Gestaltung: Andreas Homann
Druck: CPI
Foto Einband: iStockPhoto/joepix
ISBN 978-3-86241-444-4

Für meine Freunde
Maria de Santa-Cruz und Fátima Álvares
Antônio Jorge und Alberto João Marques

Und für Helena und Filipe, immer

Ohne mich an dich
Zu erinnern, lebe ich
In Lissabon
Der großartigen Stadt

Xutos e Pontapés

Brasilien, wo ich gelebt, Brasilien, in dem ich gelitten,
Brasilien meines kindlichen Staunens:
Wie lange schon habe ich dich verlassen
Kaimauer am anderen Ende meines Wegs!

Wie viele Meilen Beklemmung im
Ozean der Sehnsucht!
Wie viele salzige Tränen auf dem Deck
voller Abwesenheit!
Ankommen. Dich noch mehr verlieren.
Von Neuem verwaist,
Nun ohne den Schutz meiner Unschuld.

Zwei Anziehungspunkte in meinen Gedanken!
Zwei widerstreitende Sehnsüchte im Gefühl!
Ein Fegefeuer, in dem das Leiden
Nie einen der ersehnten Himmel sieht.

Ach, Verbannung im Antlitz eines jeden Gesichts,
Traurigkeit eines geteilten Schoßes!
Ach kenterte doch unterwegs die Verzweiflung
Auf dem Weg zwischen gefundenem
und verlorenem Boden.

Miguel Torga

VORBEMERKUNG

Dies ist die nur leicht bearbeitete Niederschrift der Erzählung von Sérgio de Souza Sampaio, geboren am 7. August 1969 in Cataguases (Minas Gerais), aufgezeichnet in vier Sitzungen an sonnigen Samstagnachmittagen des 9., 16., 23. und 30. Juli 2005 im Solar dos Galegos oberhalb der Treppen der Calçada do Duque im historischen Zentrum von Lissabon. Paulo Nogueira, der mich mit Serginho in Portugal bekannt machte, sowie Gilmar Santana, der ihn in Brasilien traf, widme ich dieses Buch.

L.R.

WIE ICH AUFHÖRTE ZU RAUCHEN

Ich habe wieder angefangen zu rauchen, so ungefähr sechseinhalb Jahre nach meinem Besuch bei Doktor Fernando, der mich schon damals, als er das Rezept schrieb – Tegretol, Fluoxetin und Nikotinpflaster –, gewarnt hatte, »ist nur zur Unterstützung«; aufhören, also für immer, müsse ich aus eigenem *Willen*, »Die Gier, nur ein paar Sekunden ... dann war alles umsonst ...«. Ich hatte vorher schon drei Mal versucht, aufzuhören. Einmal, beim letzten Mal, kauften mir meine Kollegen aus der Abteilung Lohnbuchhaltung, Companhia Industrial de Cataguases, die meinen *Zustand* nicht mehr ertragen konnten, schließlich ein Päckchen Hollywood – mochte ich nicht mal, viel zu stark –, und gaben es mir mit dem Kommentar, sie könnten mich ja gut leiden und es sei ihnen ja klar, dass ich, wenn ich weiter beinahe zwei Päckchen am Tag rauchen würde, mir irgendwann eine schwere Krankheit einfangen würde, ein Emphysem, Krebs oder so was, aber meine Nervosität, meine schlechte Laune seien nicht auszuhalten, wo ich doch sonst so ein ruhiger, freundlicher, höflicher Mensch sei. Das Problem ist, früher hatte ich es immer *auf die harte Tour* versucht, ohne Medikamente, nun hatte ich auf Anraten des Betriebsarztes *professionelle Hilfe* in Anspruch genommen und Doktor Fernando gefragt, der ist zwar Gynäkologe und Geburtshelfer, aber am Wochenende spielten wir immer zusammen Fußball bei Primeiro de Abril, so genannt wegen des ersten Aprils, Tag der schlechten Scherze, aber auch des Putsches von 1964 – nach Meinung meiner politischen Freunde sowieso ein und dasselbe. Er schnürte sich die Fußballschuhe und sagte, »morgen« – also am Montag – solle ich »gegen Mittag« zu ihm in die Praxis kommen, schließlich sei das Rezept *verschreibungspflichtig.* Am nächsten Tag, nachdem wir die entscheidenden Momente des Spiels gegen die Seniorenmannschaft von Vasquinho, das wir drei zu eins gewonnen hatten, durchgegangen waren, schlug mir Doktor Fernando vor, ich solle »Du hast doch sowieso gerade Urlaub« noch mal richtig zuschlagen, »Rauche, so viel du nur kannst«, anschließend hätte ich dann *so* einen Schädel, dass ich nicht einmal mehr den Geruch einer Zigarette ertragen könne, »Und dann fängst du an mit der Therapie«. Ich ging raus auf die Straße, über die Praça Rui Barbosa, löste das Rezept in der Apotheke an der Ecke ein, hätte fast hingeschmissen, als ich hörte, was das alles kosten sollte, und knatterte dann langsam auf meiner Biz durch die Stadt, all die Zigarettenmarken im Kopf, die mich in meinem Leben begleitet hatten, das Zeug, das wir als Kinder geraucht hatten, die ekligen Filterlosen von meinem Vater, wenn sonntags Besuch kam, bis zu den John Player auf dem Lotus von Emerson Fitipaldi, dem Formel-1-Weltmeister von 1972 auf dem Plakat an der Wand meines Zimmers, das ich mir mit meinem Onkel Zé-Carlim, dem jüngeren Bruder meiner Mutter teilte, der ein Autofanatiker war und, Ironie des Schicksals, noch sehr jung, mit nicht einmal dreißig Jahren, in der Ausfahrt nach Ubá ums Leben kam, bei einem Unfall zwischen einem Omnibus auf dem Weg von Belo Horizonte nach Muriaé und dem Chevette von Herrn Lino, mit dem die ganze Truppe, die da in seinem Lagerhaus arbeitete, zum Angeln an der Talsperre Maurício unterwegs war. Ich wusste anfangs nicht mal, dass John Player eine Zigarettenmarke ist, das fand ich erst später zufällig heraus, in São Paulo, als ich mit Semíramis, meiner Schwester, unterwegs war, in der Rua Oriente in Brás einkaufen für ihren Laden in Cataguases, in Taquara Preta, der aber nicht lange hielt, weil ja die Leute alles auf Pump kaufen und nie bezahlen, und dann musste sie zumachen und blieb selbst Leuten Geld schuldig, wie das so ist im Geschäft. Ein Kerl, der Bescheid wusste, Sonnenbrille, Fahreruniform, zeigte mir die schwarze Schachtel mit der verschnörkelten goldenen Schrift, »Kennst du die?«, *vom Sehen*, sagte ich, er bot mir eine an, ich nahm sie und sagte danke. »Solche gibt es gar nicht in Brasilien«, hustete er, und ich fragte, wo man sie denn *bekäme*, die Leute aus seiner Stadt Presidente Prudente, sagte er, ließen sich gegen Geld von ihm fahren, überall hin, »manchmal bis Paraguay«, und dann schwätzte er mir noch eine Flasche Whisky auf, die mit dem weißen Pferd, angeblich der beste überhaupt, keine Ahnung, ich schmecke da keinen Unterschied und habe sie nur gekauft, um dem armen Kerl einen Gefallen zu tun, dazu schenkte er mir *einzeln* sechs Zigaretten (die ich einsteckte und noch jahrelang stolz meinen Freunden zeigte). An dem Tag, glaube ich, überkam mich zum ersten Mal das Verlangen, ins Ausland zu gehen, so neidisch war ich darauf, wie schlau dieser Typ war. Und plötzlich war ich in Paraíso, wo ich jahrelang keinen Fuß mehr hineingesetzt hatte – aus Enttäuschung, und um Karina nicht über den Weg zu laufen, mit der ich einmal eine Zeit lang zusammen gewesen war. Meine Mutter, Dona Zizinha, hatte mich in der Mittagspause zum Optiker in der Rua do Comércio geschickt, um ihre Brille abzuholen, und ich hatte mich in das Mädchen im Laden verguckt, ihr ernstes Gesicht in den vielen Spiegeln, die immer in so einem Optikerladen sind. Von da an holte ich sie jeden Tag von der Arbeit ab und begleitete sie bis zur Fakultät für Philosophie, Naturwissenschaften und Literatur von Cataguases, wo sie im Abendkurs Pädagogik studierte. Manchmal wartete ich dort bis nach der letzten Stunde auf sie und strich so lang durch die Flure – freundete mich mit den Lehrern und Hausmeistern an, überlegte sogar, selbst noch einmal die Schulbank zu drücken –, um sie dann später nach Hause zu begleiten und unterwegs jeden Schatten unter jedem Baum auszunutzen, jede kaputte Straßenlaterne, jede dunkle Ecke. Doch das ging nicht lange gut: Irgendwann ließ sie mich sitzen für einen Burschen mit einer blauen 125er, den sie dann heiratete, sie bekamen ein Kind, trennten sich wieder, und wahrscheinlich lebt sie noch immer da draußen, geschieden, ist Lehrerin an einer staatlichen Schule, unabhängig. Ich bereute schon meinen Entschluss – bekam Lust zu rauchen und fragte mich, ob es den ganzen Aufwand wert war –, da fiel mir ein, dass Chacon (Abwehrspieler bei Primeiro de Abril, der wenn er aufs Feld kam, *xa comigo* rief, lass mich mal, daher der Spitzname) ständig tönte, er habe da in der Gegend ein Geschäft, ich fragte mich von Laden zu Laden durch, und dann fand ich ihn, klein, aber ganz nett, sauber, zwei rote Plastiktische auf dem schmalen Gehweg, noch zwei aus Metall rechts in der Ecke im Raum ohne Fenster, Zementboden, eine Theke mit Quengelzeug für die Kinder, ganze Regale mit bunten Getränken, ein Glaskasten mit salzigen Häppchen, ein Eisschrank, eine Kühltruhe. Ich parkte die Biz gleich am Randstein, er fiel mir gerührt um den Hals »Junge, das ist ja eine Überraschung!« und rief durch die Hintertür in das schmale Häuschen, das mal aufgestockt worden war: »Lazinha, guck mal, der Sérgio« und zog mich, »Komm rein«. Fragte »Wie geht's?«, »Na ja, geht so«, antwortete ich. Er rief noch einmal nach dieser Lazinha, wohl seine Frau, er müsse ihr *unbedingt* seinen *Fußballkumpel* vorstellen, damit sie mal sehen könne, mit was für anständigen, *aufrechten* Leuten er unterwegs sei, »Sie vertraut mir ja«, aber so ganz überzeugt ist sie nicht, gab er missmutig zu. Ich erzählte ihm, was Doktor Fernando gesagt hatte, und er antwortete »Ein großer Mann!« und *»Lass mich mal!«*, völlig aufgeregt, er würde mich nur noch komplett *abgefüllt* wieder gehen lassen, vorneweg gab er mir schon einmal einen Cachaça, *vom Land*, den ich gleich herunterspülte. Dann steckte ich mir eine Zigarette an, er brachte Bier und zwei Gläser, allein könne er niemanden trinken sehen. »Macht mich traurig«, wir stießen an, und wieder verschwand er nach hinten zu seiner Frau, »Ich sag ihr nur schnell, sie soll uns eine Kleinigkeit zu essen machen, was Besonderes, lass mich mal«. Ich kann mich nur noch vage an Rindfleisch mit Zwiebeln erinnern, einen schamlos unterwürfigen, ausgehungerten Straßenköter, das Gewimmel von mageren, schmutzigen Kindern, »Senhor Pimenta, ein Liter Spülmittel bitte«, »Senhor Pimenta, Mama lässt fragen, ob wir eine Flasche Cola bekommen, wir können erst Samstag bezahlen«, »Senhor Pimenta, haben Sie Insektengift?«, »Senhor Pimenta, Sie sollen auf Kuh setzen, sagt Papa«, »Eine Schachtel Streichhölzer, Senhor Pimenta« – Senhor Pimenta, Chacon, stand auf, verkaufte, notierte die gepumpten Beträge in ein Schulheft, kritzelte die Wetten der Tierlotterie in einen Block mit Durchschlagpapier, setzte sich wieder und fuhr in seiner Rede fort, »Flamengo einundachtzig, nicht einmal Santos zu Zeiten von Pelé kommt da mit, nicht mal Santos!« Gegen Abend waren die Männer, die auf der anderen Straßenseite geschuftet, Sand und Zement geschippt, Schubkarren mit Mörtel zu einer Baustelle oben am Hang gewuchtet hatten, auf einen Schnaps in der Kneipe vorbeigekommen, hatten Jiló-Eintopf gegessen, gebratene Wurst, ein bisschen geredet, und als ich erwachte, bekam ich einen riesigen Schrecken, weil schon die Sonne in mein Gesicht brannte, Dienstag früh in meinem Zimmer in Taquara Preta. In meinem Kopf hämmerte es. Ich weiß noch, es war nicht ganz einfach gewesen mit der Rechnung, Chacon hatte addiert und subtrahiert und war nie zum Ende gekommen, weil er ja selbst *konsumiert* hatte, Bier und auch Essen, es sei nicht gerecht, aber ich hatte ja Urlaubsgeld und wollte unbedingt alles bezahlen, auch das von den Maurern, und er »Wir sind doch Freunde« hatte das nicht gelten lassen wollen, schließlich spielten wir ja in einer Mannschaft »Lang lebe der Erste April!«, wir könnten doch *halbe-halbe* machen, so ging das hin und her, und dann schlug plötzlich mein Herz schneller, ein Blick aus dem Fenster, meine Biz stand nicht im Garten, ich streckte meine wackeligen Beine aus, meine Mutter saß in der Küche, »Schon wach, Junge?«, Ringe unter den Augen, ich fragte erschrocken, wo denn die Biz sei, und sie jammerte, ich sei »vollkommen«, sie wolle nicht sagen *besoffen*, aber doch traurig »betrunken« nach Hause gekommen, hätte mich kaum auf den Beinen halten können, ihr das schwere Motorrad überlassen und sei dann weggetorkelt, sie hatte, weil sie sich nicht anders zu helfen gewusst hatte, die Biz gegen den Ficus gelehnt, vor dem Haus an der Mauer, sich einen

Stuhl geholt und die ganze Nacht Wache gehalten, damit niemand sie stahl (sie ganz allein, denn mein Vater war da ja schon krank geworden und war nicht mehr unter uns). Da fiel ich meiner Mutter um den Hals und küsste sie, und sie fuhr fort: »Gott ist wahrhaftig mit den Betrunkenen und den kleinen Kindern«, ihr sei unbegreiflich, wie ich es *in diesem Zustand* geschafft hätte, nach Hause zu kommen, ohne wirklich ganz böse zu stürzen, »Du hättest tot sein können«, jammerte sie, und ich wusste, dass sie recht hatte, schob die Biz hinein und untersuchte jeden Millimeter Lack, ohne auch nur einen winzigen Kratzer zu entdecken, »Was mich aber am traurigsten macht«, alle Nachbarn hatten den peinlichen Auftritt gesehen, ungefähr zu der Zeit, als die Fensterläden geschlossen wurden, nach der Telenovela, wegen der Mücken, und sie tat so, als nestelte sie an ihrer Brille herum, doch eigentlich musste sie weinen. Erst als ich ihr haarklein erklärte, wie es dazu gekommen war, »Doktor Fernando« und so weiter, wurde sie ruhiger und musste trotz ihrer Trauer (seit mehr als einem Jahr schon) sogar lächeln, verschämt, damit ich es nicht sah, »Hoffentlich, Junge, vielleicht schaffst du es ja diesmal«. Und dann ging sie Boldo pflücken für den Tee und ein fettes Huhn kaufen für eine Brühe, »Gegen Kater gibt es nichts Besseres«, sagte sie. Ich nahm die Tabletten, klebte das Pflaster auf, legte mich wieder ins Bett und schlief ein.

Kaum hatte ich mit dem Rauchen aufgehört, gingen die Probleme los, ich habe es nur deshalb nicht sein lassen, um Doktor Fernando nicht zu enttäuschen, der mich mit großer Begeisterung Gott und der Welt vorstellte als *unumstößlichen Beweis* seiner *revolutionären Methode*,

»Die Kombination krampflösender Mittel mit einem Antidepressivum sowie eine abnehmende Dosierung von Nikotin ist zweifellos«, die Entschlossenheit des Patienten (also meine) selbstverständlich vorausgesetzt, »hochwirksam für Tabakabstinenz«, erklärte er in der Sendung Roda Viva, die jeden Samstagmorgen um elf auf der Mittelwelle von Rádio Cataguases läuft, und wo wir beide auf Einladung von Arnaldo de Souza auftraten, Reporter und Sohn des verstorbenen Edegar de Souza, Gevatter Edegar, seligen und nie genug zu würdigenden Angedenkens. Er würde sein Verfahren nur nicht patentieren lassen, fügte er hinzu, um nicht *untolerierbaren Repressalien* seitens der multinationalen Tabakkonzerne ausgesetzt zu werden, *allen voran* von Souza Cruz, »die, wie wir wissen, weder Souza noch Cruz gehört«, womit er seine kommunistische Bildung unter Beweis stellte. Das Desaster mit Karina hatte mich gelehrt, dass in Brasilien stets der mit dem stärkeren Motor gewinnt, doch gleichzeitig hatte mich die Enttäuschung auch jahrelang vor Beziehungen bewahrt, die über reine Leidenschaft hinausgingen, wie etwa im Fall von (nur *die mindestens* einen Monat lang dauernden Affären eingerechnet): Josélia, Arbeiterin bei Industrial, Selene von Manufatora, Ana Clara aus der Buchhaltung und geschieden, Kátia und Maíra, Verkäuferinnen in der Straße am Bahnhof, Silvana, Kênia und Lídice, Literaturstudentinnen (gegen Pädagogik hatte ich inzwischen eine Abneigung), Mariana und Janína, beide Lehrerinnen, die eine an einer Grundschule, die andere an der Mittelstufe, Zilma, Friseuse (verheiratet, was ich zu meiner Schande nicht wusste), Verônica, Krankenpflegehelferin, Leda, Bankangestellte und wegen Rückenproblemen frühpensioniert, Bia, die irgendwas mit Keramik machte, Irineia mit einem Verkaufsstand vor der Markthalle, sowie Bete, die sich um kranke Leute kümmerte. Unglücklicherweise wurde dann ausgerechnet Noemi schwanger, eine aus der Nachbarschaft, von nebenan, mit einem Ruf weit über das Viertel hinaus, die mir schöne Augen gemacht hatte, als es mir endlich gelungen war, anstatt der Biz eine nagelneue 125er zu bekommen, direkt aus dem Laden, und Herr Ponté Carvalho, ihr Vater, ein Bauer der alten Art, grob und energisch, war mit der Knarre in der Hand in die Stube gestürmt und hatte erklärt, dass nun geheiratet werde, »zur Not auf der Polizeiwache!«, ganz egal, was die Leute sagten, die sich meiner Vaterschaft nicht so sicher waren. Meine Mutter war aufgeschreckt, immer auf Anstand und Sitte bedacht (als Schwester Marias), hatte dem Mann ein Glas Maracugina zu trinken gegeben und eigenhändig das Datum bestimmt, »Mein Sohn bleibt keiner Familie etwas schuldig!«. Über dieser traurigen Beziehung hatte von Beginn an ein Schatten gelegen, sagen die Leute, schon angefangen mit der übertriebenen Feier im Clube Aexas für weiß ich wie viele Leute nach dem Geschmack der Carvalhos, die Taioba essen und beim Rülpsen behaupten, es sei Schinken gewesen, ewig meckerndes Gesindel, das Bier und die Guaraná-Limonade seien *warm*, die Fleischspieße zu *durch*, der Kartoffelsalat *fade*, die Musik zu *laut* (meinten die Alten) oder *langweilig* (die Jungen), die Kokosbällchen, der Kuchen *teigig* (nicht einmal für das Hochzeitsfoto legten sie Messer und Gabel aus der Hand), das Lokal *zu weit draußen*, die Braut *schäbig* (meine Leute), der Bräutigam *ein Idiot* (meinten alle). Als der Junge, Pierre, zur Welt kam, passierte mit Noemi etwas, das ich erst für eine Macke hielt, wir stritten uns, die Stimmung verdüsterte sich in der kleinen Mietwohnung (sie hatte ja unbedingt *schick* in ein Mietshaus ziehen wollen) in Vila Domingos Lopes, manchmal lag sie den ganzen Tag lang schwermütig im Bett, ohne Antrieb, nicht einmal, um dem Jungen die Windeln zu wechseln, bekam dann wieder nächtelang kein Auge zu, redete ohne Ende, schließlich wurde es so schlimm, dass sie mehr tot als lebendig mit niemandem mehr redete und dann wieder wie verrückt die Geschäfte und Läden durchstöberte, Geld, das sie nicht hatte, für Unsinn verschleuderte und sich welches bei Wucherern lieh, ein paar Mal wurde ich sogar von der Arbeit gerufen, weil Pierre sich die Lunge aus dem Leib brüllte, im Bettchen allein, und dann wieder rannte ich mit ihm auf dem Arm durch die Bars, Kneipen, Nachtlokale, Tanzschuppen, Feste, Spelunken, die ganze Nacht lang, und suchte Noemi. Fast zwei Jahre ging das so durcheinander, bis ich zufällig in der Nähe der alten Fabrik Doktor Fernando begegnete, der sich wunderte, »Sergio, was ist denn los?«, ich komme gar nicht mehr zum Fußball, und mich fragte »Bei allem Respekt!«, ob es wahr sei, was sich die Leute erzählten über die *Eskapaden* meiner Frau, »Ich habe doch die Schwangerschaft betreut, die Geburt, mir ist nichts aufgefallen«, weder *körperlich* noch *psychisch*. Nach meinen Erläuterungen und drei Kaffees seufzte er, »Klarer Fall von manisch-depressiver Psychose«, empfahl, sie »schnellstmöglich« zu einem *Spezialisten* zu bringen, und kritzelte den Namen eines Psychiaters, dem er vertraute, auf ein Blatt Papier. Die Carvalhos jedoch brauchten sechs Monate, bis sie begriffen, dass Noemi *nicht richtig* im Kopf war, und warfen mir stattdessen vor, ihren Namen in den Schmutz zu ziehen, meine Pflichten als Ehemann zu vernachlässigen, sie schlecht zu behandeln, ausgerechnet ich!, zweimal schon war ich beim Notarzt gewesen, einmal, weil sie mir ein Glas ins Gesicht geknallt hatte (drei Stiche auf der Wange), und einmal wegen Durchfall, weil sie mir Dreckwasser in den Orangensaft gemischt hatte, und die Schwiegermutter belästigte meine Mutter über die Mauer zwischen den beiden Hinterhöfen hinweg (kippte heißes Wasser über die Hühner, warf böse Blicke auf ihr Gemüse, drehte das Radio möglichst laut auf, nur um sie zu *stören*), bis ihr schließlich der Kragen platzte und beide aufeinander losgingen, sehr peinlich, die ganzen Kinder am Schauplatz, sogar die Polizei musste gerufen werden. Der ganze Ärger ist für mich schuld daran, dass meine Mutter, die geduldige Dona Zizinha, Gott hab' sie selig, nur wenige Monate später starb, Herzprobleme, und das bei einer Frau, die keiner Fliege etwas zuleide tun konnte und nie auch nur über Kopfschmerzen oder Gliederschmerzen oder Erkältung geklagt hatte, nichts, ein Infarkt, peng!, und weg war sie. Semíramis hat dann meine Schwägerin Stela zur Rede gestellt, und das kochte dann hoch, als sie auf ihre Betrügereien zu sprechen kam, denn sie verlieh Geld an arme Rentner und ging am Zahltag mit den Leutchen zur Bank, um gleich am Schalter zwanzig Prozent *Zinsen* für *Beratung* zu kassieren, weil sie – zumindest verbreitete sie das überall – studierte Doktorin und Rechtsanwältin sei, vom Wochenendseminar in Juiz de Fora, ohne je die Karte der Rechtsanwaltskammer zu zeigen, »Mit feinen Leuten hast du dich da eingelassen!«, ein schönes Schlamassel. Hätte man Noemi nicht eines Tages am helllichten Nachmittag nackt unter sengender Sonne direkt vor dem Rathaus angetroffen, wäre es zu einer Tragödie gekommen. Sie steckten sie in eine *Rehabili-*

tationsanstalt in Leopoldina, sicherten sich das *Sorgerecht* für Pierre (zogen nach Granjaria, um dem Gerede der Nachbarn zu entgehen), zeigten mich wegen *Misshandlung* und *Vernachlässigung Schutzbefohlener* an – *schutzbefohlen* in diesem Fall die Noemi und Stelas Alte bezeugten es – und verklagten mich auf die üblichen Alimente. Ich war so durcheinander, dass ich auch in der Fabrik nicht mehr zu gebrauchen war: Fehlzeiten und mangelnde Aufmerksamkeit waren das Ende meiner Karriere, fünf oder sechs Monate nach dem Tod meiner armen Mutter wurde ich rausgeschmissen.

Schließlich, nachdem schon viele darauf gesetzt hatten, dass ich aufgeben würde, wurde ich sauer, schließlich fließt in meinen Adern eine Mischung aus indianischem und lusitanischem Blut und auch das der Sklaven, darauf bin ich stolz und das treibt mich voran, das hat mir mal eine Zigeunerin am Busbahnhof aus den Karten gelesen, und auch Mãe Célia, *reinkarniert* in der Mutter meiner damaligen Freundin Irineia, erkannte das in den Muscheln. Also sagte ich eines Sonntagmorgens mitten in das Geschwätz der Schluckspechte in der Beira Bar, unbedacht, auf die Frage »Was willst du denn jetzt tun, Serginho?«, ich würde fortgehen, »ins Ausland«, und bevor sie sich noch über mich ausschütten konnten, machte Senhor Oliveira, das Spültuch über der Schulter, noch ein Bier auf und sprang mir bei: »Geh nach Portugal«, dann begann er vor dem verblüfften Publikum von der Großartigkeit seines Landes zu schwärmen, in das im Augenblick Menschen aus aller Welt kämen, er selbst würde zurückgehen, wenn er noch jünger wäre, »es ist Wiederaufbau«, Geld sei genug da und man suche nach Arbeitskräften, so wohlhabend seien die Portugiesen, dass sie sich »die Arbeit aussuchen« könnten, es sei also genug übrig für Brasilianer und Schwarze (wie man dort *farbige* Menschen nennt). Betont beiläufig erkundigte ich mich, was denn unsere Landsleute dort so arbeiteten, und er zählte auf: Maurer, Klempner, Elektriker, Fliesenleger, Anstreicher, Chauffeur, Kellner (die Männer), Haushaltshilfe, Verkäuferin, Maniküre, Friseuse, Auf-Kleinkinder-Aufpassen und Bedienen (die Frauen), und der Vorteil sei, dass *in Euro* gezahlt werde, also »genau das Richtige« für einen, der sich nicht zu fein sei, die Ärmel hochzukrempeln, und ich wurde nachdenklich, caramba, ich war schon über dreißig, welche Aussichten hatte ich?, »Also nach Portugal«, beschloss ich und alle Kumpels umringten mich und gratulierten mir für meinen *Mut*, meine *Schlauheit* und bestellten schon *Andenken*, falls ich mal zu Besuch kommen sollte, Trikots der portugiesischen Nationalmannschaft, Benfica, Sporting, einen Wetterhahn oder den berühmten Hahn von Barcelos, Portwein, Schlüsselanhänger, Kühlschrankmagneten, *irgendwas*, Senhor Oliveira versprach, mir eine *Adresse* zu geben, und der Nachmittag endete in einem Fest. Gleich Montag früh ging ich zu Semíramis und bot ihr an, unsere Meinungsverschiedenheiten zu beenden – sie wollte das Häuschen haben, das wir nach dem Tod unseres Vaters geerbt hatten, weil sie zur Miete in Santa Clara wohnte, aber ich war arbeitslos und bisher dagegen gewesen, aber nun sagte ich ihr: »Ich verkaufe dir meine Hälfte« und erzählte ihr von meinem Vorhaben, mit dem Geld plus dem Bisschen aus der Arbeitslosenversicherung, »Ist noch geheim, wenn die Carvalhos das rauskriegen, reißen sie sich das auch noch unter den Nagel«, und dem, was der Verkauf meiner 125er einbringen würde, nach Portugal überzusiedeln, von wo aus ich in ein, zwei Jahren mit vollen Taschen wieder zurückkommen würde, Pierre retten, es würde also alles in der Familie bleiben, wie es sich gehört, aber sie war nicht so begeistert von meinen Plänen und kam plötzlich auf früher, als wir noch Kinder waren, »wie damals, weißt du noch?«. Mittags kam dann Josias, mein Schwager, zum Essen, erfuhr von der frohen Botschaft, und beim Essen rechneten sie schon und schacherten um meinen künftigen Reichtum, bis schließlich Leo, mein Neffe, aus der Schule kam, so eine Bohnenstange mit pickeligen Kratern im Gesicht, da wäre die Sache fast schiefgegangen, weil er keine Lust darauf hatte, dass ich meine 125er verkaufte, »Du kannst sie doch mir überlassen, ich passe schon auf sie auf«, was seine Eltern auch fanden und sagten, ich sei sowieso nicht nur Onkel, sondern auch Taufpate und hätte meinem Patenkind noch nie auch nur *eine einzige* Freude gemacht, »Kann doch nicht schaden, Leo diesen kleinen Gefallen zu tun«, *alle* aus seiner Schule hätten ein eigenes Fahrzeug, »nur er muss den Bus nehmen«, und als ich zögerte, schob er seinen Teller weg, erst halb aufgegessen, und verschwand Türen schlagend. Da wurde die Stimmung sehr düster, also sagte ich, um des lieben Friedens willen, »Ist gut«, denn sie hatten ja Recht, vielleicht war ich wirklich ein *abwesender* Pate, und vor lauter Rührung begann meine Schwester zu heulen, sie war ja schon immer recht nahe am Wasser gebaut, und mein Schwager klopfte mir auf die Schulter und sagte, ich müsse mir keine Gedanken machen, um die Papiere könne er sich kümmern, »Ich weiß, wie das läuft«. Die übrige Woche war ich ganz aufgeregt, konnte kaum schlafen und nicht richtig essen, ganz komisch, albern und fröhlich zum einen, wenn ich mir vorstellte, wie ich irgendwann durch genau diese Straßen unterwegs sein würde, als feiner Herr, und alle mir um den Bart gehen würden, Serginho hier, Serginho da, *Doktor Serginho*, sich fast vor mir in den Staub werfen würden, und andererseits ging mir der Arsch schon auf Grundeis, ich war ja noch nie wirklich weg gewesen, Großstädte kannte ich nicht, außer Rio de Janeiro, ganz flüchtig (fünf Mal kurz an der Copacabana, die Füße ins Meer getaucht, mit der Seilbahn zum Zuckerhut, ein Spiel von Flamengo im Maracanã), São Paulo (wo Semíramis ihre Kleider zum Weiterverkaufen besorgte) und natürlich auch Juiz de Fora, aber das zählte nicht, Juiz de Fora ist mehr der Hinterhof von Cataguases, oder Piúma, wo es ja Mode geworden war, zwischen den Jahren am Strand Ferien zu machen, obwohl ich, bevor das mit Noemi passierte, meine Freizeit eher in der Gegend verbracht hatte, mit Kartenspielen auf dem Platz, den sie Totholzpark nennen (wegen der vielen Rentner), den jungen Frauen aus den Geschäften und Fabriken hinterherschauend, wann immer es ging, das Motorrad dabei, um bei der Verwandtschaft überall in den *Käffern* zwischen Ubá und Viçosa (Senador Firmino, Presidente Bernardes, Dores do Turvo, Senhora de Oliveira) damit anzugeben, und jetzt auf einmal nach Portugal, so weit weg, ganz allein, ach, du je! Ich beschloss, die Erfahrung von Senhor Oliveira zu nutzen, der neuerdings alle zwei Jahre dorthin fuhr, lehnte mich gegen den Tresen, bestellte ein Bier, ein paar Oliven und ließ einen Fragebogen vom Stapel, »Wie kommt man eigentlich nach Portugal?«, »Natürlich im Flugzeug, wie sonst«, »Und wie ist so ein Flugzeug von innen?«, »Eng«, »Und wo steigt man ein?«, »Rio«, »Wie lange fliegt man da eigentlich?«, »Um die neun Stunden«, »Und zurück?«,

»Genauso, na hör mal«, »Haben die Toilette?«, »Natürlich«, »Kann man unterwegs schlafen?«, »Ich jedenfalls, wie ein Stein«, »Und essen?«, »Bei TAP ist es ganz gut«, »Und wie ist das Land?«, »Der beste Ort auf der Welt«, »Wenn man da hinwill, wo muss man die Fahrkarte kaufen?«, »In Juiz de Fora«, »Was kostet das so?«, »Tausend Dollar, ungefähr, je nach Saison«, »Eintausend Dollar?«, »Je nach Saison«, »Und was braucht man noch, wenn man nach Portugal will?«, »Einen Pass«, »Einen Pass?«, »Ein Dokument für die Reise«, »Aha ...«, »Und man muss Geld tauschen«, »Woher bekomme ich so einen Pass?«, »In Juiz de Fora, bei der Polizei«, »Und wie meinen Sie das mit dem Geld?«, »Man muss Geld wechseln, man braucht Euro«, »Und wenn man noch nie einen Euro gesehen hat?«, »Ich habe ein paar Scheine da, ich kann sie dir zeigen«, und er ermunterte mich, so gebildet, so fleißig, wie ich sei, so gesund, »Mensch Sérgio, du klotzt ran, legst Geld zur Seite«, und nach ein paar Investitionen könnte ich am Ende in Cataguases einen ruhigen Lebensabend verbringen, mich auf die faule Haut legen, »Wenn ich noch einmal jung wäre, wie du, und so ungebunden!«, sagte noch einmal, er hätte da eine *Adresse*, ein Cousin, der mir bestimmt eine gute Arbeit beschaffen könne. Ich war so aufgeregt, dass ich in der Zeit, in der das mit der Erbangelegenheit erledigt wurde, ganze Nachmittage durch Taquara Preta tuckerte, mir die Zuverkaufen-Schilder anschaute, Ivan auf dem Rücksitz, der verrückte Hund, ein Freund von mir, dauerhaft krankgeschrieben wegen so hässlicher Anfälle, bei denen er mit Schaum vor dem Mund auf dem Boden herumstrampelte, das sei nur gespielt, sagten böse Zungen, »Seine eigentliche Krankheit ist die Angst vor der Arbeit«, aber es gibt niemanden, der besser in der Lage war, an einem Haus auch die schlechten Seiten zu erkennen, an der Substanz (»He, sieht man doch, der Beton fällt nach rechts ab, schau«) oder der Nachbarschaft (»Da braucht man nicht lange nach dem Haken zu suchen, was glaubst du, warum sind die alten Besitzer hier weg?«), den Papieren (»Das hier ist ja nicht einmal im Plan eingezeichnet«), am Preis (»Wie viel? Keine Chance! Das ist es nicht wert«), bis schließlich irgendwann alle von meinem Interesse wussten und mir *günstige Angebote* machten gegen eine geringe *Beteiligung*, »der will soundsoviel, aber wenn Sie soundsoviel gleich bar dabei haben, dann klappt das«, und Ivan Prügel androhten, weil er ihre Häuser *schlechtredete* und mich *unsachgemäß* beraten würde, so dass er erschrocken das Weite suchte und mich völlig zu Unrecht beschuldigte, ihn zu hintergehen, er sei schließlich als Einziger *autorisiert*, bei den Verhandlungen zu vermitteln, was ich aber nie gesagt hatte, alles Hirngespinste seiner weichen Birne. Echt gereizt hat mich das Angebot von Dona Dalila, Witwe und Besitzerin des besten Hauses im ganzen Viertel, *an heißen Tagen* stellte sie immer ein Plastikplanschbecken mit fünftausend Litern Wasser in den Garten und nahm Eintritt von den Kindern, die zum Schwimmen kamen, und verkaufte Lutscher und *hausgemachtes* Guaraná an den örtlichen Einzelhandel. Sie hatte sich überlegt, obwohl sie ja *eigentlich* gar nicht beabsichtigen würde, ihre Residenz zu *veräußern*, mir ebenfalls ein Angebot zu machen, aber erst mal servierte sie mir Kaffee auf einem Tablett mit Plastikdeckchen, Tässchen, Untertasse, Löffelchen, alles drum und dran, anschließend führte sie mir jedes einzelne Zimmer vor, damit ich mich von der Qualität der verarbeiteten Materialien überzeugen könne, »nur das Beste«, *persönlich* ausgesucht, »Mein Verblichener, Gott habe ihn selig«, habe dafür keinen Sinn gehabt. An meinen Arm geklammert führte sie mir jede einzelne Wand vor »Glatt, fühlen sie mal!«, Bodenbeläge, »Soundsoviel pro Quadratmeter«, die Fliesen im Bad, »*Exklusiv*«, und »das Wichtigste« sei überhaupt nicht *zu sehen*, die Rohre, die Anschlüsse, die Armaturen, die Verkabelung, »wie sonst nur in den Häusern der Reichen«. Nach dem Rundgang gedachte sie, »Noch ein Kaffee?«, mit trauriger Miene meiner verstorbenen Mutter, die ihr eine enge »an sich war sie ja viel jünger« und sehr solidarische Freundin gewesen sei, und pries dann die Vorteile einer *Vorkaufsvereinbarung*, eine *übliche* Form des Vertrages, ich müsse ihr nur einen *symbolische*n Betrag überweisen, »natürlich alles notariell abgesichert«, und schon könne sie nicht mehr an jemand anderen verkaufen, und falls doch, sei eine Strafe von »sagen wir« der doppelten der hinterlegten Summe fällig. Ich versprach, aufrichtig interessiert, darüber nachzudenken. Mittlerweile hatte sich mein bevorstehender Wegzug nach Portugal schon über die Grenzen des Stadtviertels hinaus herumgesprochen, und meine Schwägerin Stela kam, um *klarzustellen*, dass ich, sollte ich mein Glück tatsächlich im Ausland versuchen, *vernünftigerweise* auf meinen gesamten Anteil am Erbe verzichten solle, zur Absicherung meiner ehelichen und väterlichen Verpflichtungen, »sonst ...«, drohte sie mit rechtsanwaltlicher Expertise. Also musste ich mangels Masse die Verhandlung mit Dona Dalila abbrechen, was letztlich auch vernünftig war, denn die Sache hatte sich bereits so weit herumgesprochen, dass die Leute, wenn meine 125er über die Pflastersteine von Santa Clara, Ibraim, Beira-Rio, Paraíso, Dico Leite, Vila Minalda oder Vila Teresa holperte, mir zuwinkten und, gespannt auf mein Abenteuer, riefen: »Mensch, Serginho, du gehst echt nach Portugal ...« Tag für Tag grüßten mich mehr Leute, meine Patin, die ich schon seit Jahren nicht mehr gesehen hatte, war ganz aus dem Häuschen, als ich ihr mitten auf der Praça Rui Barbosa sagte, ja, es sei wahr, »Ich wusste schon immer, dass du es einmal weit bringen würdest, mein Junge, wie schade, dass dein Vater und deine Mutter das nicht mehr erleben dürfen«, und sie bekam einen Schwächeanfall, die Tratschweiber von der Bushaltestelle eilten herbei und der Lehrer, Stadtrat Professor Anacleto, wollte sich unbedingt, als er mir in der Rua do Comércio begegnete, mit mir *austauschen*, noch in der Tür zur Mulambo-Bar, »stolz« auf mich sei er, seit er mein Lehrer im Colégio Cataguases gewesen sei (Im Colégio Cataguases war ich nun wirklich noch nie auf der Schule), und schleifte mich am Arm in die Redaktion des *Cataguases – Offizielles Mitteilungsblatt der Gemeinde*, wo er mich Lucas Novaes vorstellte »Kennen Sie Serginho?« und dieser »Serginho!« mich derart freundschaftlich begrüßte und sich so nett erkundigte, »Mein Lieber, wie geht es denn so?«, dass ich mir ernsthaft überlegte, ob ich ihn nicht doch irgendwo schon mal gesehen hatte. Der Stadtrat: »Wissen Sie denn schon das Neueste?«, und der Journalist: »Herr Professor, es gibt nichts, was wir nicht schon vorher gewusst hätten« und deutete dabei auf den Tisch mit dem Telefon, einem Computer und einem Plastikbecher mit Kaffeeresten und Kippen darin. »Ich lasse Sie dann mal mit Serginho allein«, sagte der Professor und verlangte, sie sollten sich gut um mich *kümmern*, »Schließlich muss man die Söhne unserer Stadt würdigen, die es im Ausland zu etwas bringen«, griff noch einmal nach meinem Arm für das Foto, mit dem Lucas Novaes den Artikel bebildern sollte – ein schöner Artikel und gut geschrieben. »Ihre Eltern müssen ja unheimlich stolz auf Sie sein, Sergio«, begann er das Interview und *beglückwünschte* die beiden, sodass ich mich gar nicht traute, ihm zu verraten, dass sie schon lang nicht mehr lebten, aus Angst, diesen schönen Moment zu zerstören, »Wohin soll es denn gehen, Serginho?« Vom Zeitungskiosk am Samstag aus verbreitete sich mein Abenteuer schließlich über die Neue Brücke bis in die Viertel am linken Ufer des Rio Pomba, Vila Resende, Granjaria, Leonardo, Bela Vista, Vila Domingos Lopes, Vila Reis, Barridê, Tomé, Matadouro, Ana Carrara, und abends klopfte es an mein Fenster, der verrückte Ivan flüsterte, er wolle mir im Auftrag eines befreundeten Maklers, »Nichts für mich, nach all dem, was passiert ist, lasse ich davon die Finger«, ein paar *tolle* Häuser in der Avenida Humberto Mauro zeigen und philosophierte, als ich noch zögerte, »nach dem Kontakt« mit der *Zivilisation* und der portugiesischen »Hochkultur« würde ich die Leute von Taquara Preta nicht mehr ertragen können, so ungebildet, ohne Manieren und Stil, *zweitklassig*, »Aber da drüben leben doch nur hohe Tiere«, entgegnete ich, »Du musst in anderen Dimensionen denken, Serginho, wenn du in Euro verdienst, bist du auch so ein hohes Tier«, und fabulierte »Du wirst die feinen Damen alle flachlegen, Mann«, und womöglich eine davon heiraten, »Ob ich mir das noch einmal antue, Ivan, ich weiß nicht, ich bin traumatisiert«, jammerte ich, »Dann also nur flachlegen«. Er war Feuer und Flamme und fragte, nachdem er in mir einen Schwerenöter von *Format* erkannt hatte, »der das ABC längst schon durch hat«, ob ich schon einmal ein Mädchen aus der Innenstadt gehabt hätte, was ich ja tatsächlich noch nie hatte, »Und warum nicht? Was haben die Muttersöhnchen, was du nicht hast?«, was für ihn mit *Logistik* zu tun hatte, »Glaubst du, die gehen mit einem Typen aus Taquara Preta, selbst wenn er im Geld schwimmt?«, und als ich beinahe schon wieder für mich über das Angebot von Dona Dalila nachdachte, wurde er richtig aufbrausend, »Du bist doch bescheuert, Serginho, ich versuche dir zu helfen, dich ganz nach oben zu bringen«, und dann, mit noch leiserer Stimme, nachdem er sich vorsichtig umgeschaut hatte – die menschenleere Straße, das schwache, durch die Zweige der Ficus-Bäume schimmernde Licht der Straßenlaternen, die Stille, nur unterbrochen vom leisen Pfeifen der Fledermäuse, dem Bellen der Hunde, einem Kinderweinen, Stimmen aus einem Fernseher –, flüsterte er mir zu, dieser Teil unseres Viertels, »Wusstest du das nicht?«, sei früher ein Sumpf gewesen, »Schlechter Boden, die Häuser sind alle feucht«, und das überzeugte mich endlich, woanders nach einer Wohnung zu suchen, unendlich betrübt darüber, *alte* Freundschaften zurücklassen zu müssen, aber was soll man machen?, wie Ivan sagt, »Wer in der Vergangenheit lebt, kann nur Historiker sein«.

Mit der Abwicklung meines Anteils am Erbe ging es dann doch nicht voran, die Banken verweigerten meinem Schwager, dessen Name nicht gut beleumundet war, den Kredit und verwiesen an Wucherer, alle, die mir gerade noch zugejubelt hatten, lästerten nun voller Ungeduld, »Na, Serginho, schon wieder zurück von der Reise?«, die Hölle, aber egal, Neuorientierung, erklärte jedenfalls Ivan, der verrückte Hund, gegenüber dem Makler, der tobte, als er erfuhr, dass unser Vorstoß nur *vorläufig* gewesen sei und ich über das Kapital *leider* erst *später* verfügen könne, »es ist wie ein Gummiband, mein Freund, heute vergessen und nutzlos in einer Schublade, morgen schon fest um ein Bündel Geldscheine geschnürt«, die Anspannung machte mich aber so nervös, dass ich mich kaum noch auf die Straße traute, schon fast wie Noemi, und dann kam Stela, parkte ihren VW-Bus am Straßenrand, schleifte Pierre brüllend hinter sich her und schüttelte mich drohend, »Die Zeit läuft davon, und du tust einfach gar nichts, Serginho«, ich solle mich entweder auf dem *regulären Arbeitsmarkt* umsehen oder endlich nach Portugal abhauen, sonst »besuche ich dich nächstes Mal im Gefängnis«. Ich wies auf die *psychologischen Konsequenzen* hin, die ihr Auftritt im Kopf eines Kinds haben könne, aber sie »Psychologische Konsequenzen kriegst du, wenn du es nicht bald auf die Reihe kriegst, du Versager!« überschüttete mich noch vom Bürgersteig aus mit einem ganzen Schwall Schimpfwörter, von Passanten und Nachbarn umringt. Das brachte mich schließlich so auf, dass ich mir ein Herz fasste und nun wirklich anfing, mich um die Dinge zu kümmern, mein Sparbuch auflöste, mir in Juiz de Fora die Hacken nach einem Pass ablief und mich drei Tage lang in einem Drecksloch in der Rua Halfeld einquartierte, um die Informationen über die Flugtickets zu bekommen. Und dann ging wieder alles von vorne los, aus reiner Bosheit zeigte ich überall meine Papiere, stellte meine Glaubwürdigkeit und meinen Ruf wieder her, und schließlich überschlugen sich die Ereignisse: Semíramis nahm eine Hypothek auf ihre Hälfte des Hauses auf, zahlte mich aus – weniger als vereinbart, aber es ging schließlich um die Ehre, es diesem *Gesindel* zu zeigen, Ivan hatte mich ja gewarnt, sollten sie mal sehen, was ein Sérgio de Souza Sampaio zustande bringt –, ich kaufte mit Unterstützung von Senhor Oliveira das Ticket, tauschte Geld (ebenfalls bei ihm, zu einem Freundschaftspreis, aber immer noch unheimlich teuer), schrieb mir die *Adresse* auf, und dann dauerte es noch endlos, ein Kribbeln im Bauch, keine Zeit, nachzudenken, das eine oder andere brachte ich noch in Ordnung, besorgte ein paar Sachen zum Anziehen, ein Paar Schuhe, ein Abschied nach dem anderen – meine Eltern und mein Patenonkel Zé-Carlim auf dem Friedhof, meine Patentante, Freunde aus Kindertagen –, und selbst wenn die Anspannung überwog, Lieber Gott, soll ich tatsächlich gehen?, war es nun zu spät, um noch mit der Wimper zu zucken. An dem Morgen meiner Abreise, das vergesse ich nie, versammelte sich eine Menschenmenge vor meinem Fenster, die Straße wimmelte wie zu Sankt Christophorus, Spruchbänder waren aufgespannt »Taquara Preta ist stolz auf Serginho, einen Sohn unserer Stadt – Stadtrat Professor Anacleto«, »Die Bürgerversammlung von Taquara Preta grüßt Serginho – Stadtrat Todinho vom Gasgeschäft«, der Taxifahrer, vorgewarnt über die Bedeutung seines *Fahrgastes*, hatte sich mit Schlips und Kragen in Schale geworfen und wartete würdevoll, bis sich der Aufruhr gelegt hatte, die herzlichen Umarmungen, ergriffene Händedrücke, Ratschläge und Tränen. Als wir einstiegen, Semíramis und Josias in seinem Sonntagsstaat hatten unbedingt mitkommen wollen, wurde geklatscht und gepfiffen, »Serginho, du schaffst das!«, Feuerwerk knatterte, »Es lebe Serginho!«, ein Kreischen, und mit tränenerstickter Stimme sagte meine Schwester »Fast wie eine Hochzeit« und ich, neige ja eigentlich nicht zu albernen Gefühlswallungen, bekam einen Knoten im

Hals, verdrückte heimlich ein Tränchen, »Mist!«, mir sei bloß ein Staubkorn ins Auge geflogen, und winkte ein bisschen blöde, ja, Angst hatte ich, nie mehr wiederzukommen, Sehnsucht, schon jetzt, nach diesen Leuten, mit denen ich aufgewachsen war, das Stadtviertel hatte wachsen sehen, dieses Ende der Welt, wo langsam die Zivilisation Einzug gehalten hatte, Straßen gebaut wurden, Strom kam, fließend Wasser, Kanal, Asphalt, die Kneipen, die Feste für den Bau der katholischen Kirche, irgendwann ein evangelikaler Tempel nach dem anderen, die Konzerte im Clube do Cavalo, die Versammlungen, Fußball auf dem Bolzplatz mit dem verfallenen Gedenkstein für die GRUNDSTEINLEGUNG ZUR STÄDTISCHEN SPORTARENA CATAGUASES AM ZWEIUNDZWANZIGSTEN APRIL DES JAHRES 1982, SEINE EXZELLENZ DER BÜRGERMEISTER und so weiter und so fort, wo die Kälber von Herrn Nilto dem Milchmann weideten, die ständig drohenden Überschwemmungen, das Feuer, unter dem die Häuser erstickten, der Staub im August, Mücken, Skorpione, Zecken, die Katzenplage, die Straßenköter, Streit, Versöhnungen, so viele, die zur Welt kamen und inzwischen gestorben sind, das Gesindel, die Kiffer, die Kokser, das Aids und zuletzt Arbeitseinsätze im Kampf gegen Dengue ... Schweigend und in Gedanken kamen wir am Busbahnhof an, mein Schwager zerrte den riesigen neuen Koffer »Verzeihung, Verzeihung«, verkündete »Achtung, der verreist ganz weit weg«, baute sich wie ein Wächter neben der Bustür nach Rio de Janeiro auf, und Semíramis sagte zum Fahrer, »Passen Sie gut auf ihn auf, mein Bruder muss noch viel weiter, bis Portugal«. Neugierig umringten mich auch alle anderen Fahrgäste, auch die ganz woanders hin wollten, Sereno, Santana, Glória, Astolfo Dutra, Ubá, Muriaé, Juiz de Fora, und drängelten sich, »Wer?«, »Der da drüben!«, eine sehr alte Portugiesin, die nach Belo Horizonte wollte, kränklich und schwach, ließ sich in ihrem Rollstuhl zu mir schieben und erzählte mir mit Tränen in den Augen, sie sei in der Serra da Estrela geboren und schon mit sechzehn nach Brasilien gekommen, »Ich glaube kaum, dass ich Portugal je wieder sehen werde«, ich solle an sie denken, »die Jungfrau von Fátima beschütze dich, Junge«, dann wurde ich freundlichst gebeten, meinen Platz *einzunehmen*, der Bus habe bereits Verspätung, und Semíramis rief noch durch den Tumult »Vergiss nicht zu schreiben!«, dann fuhren wir über die Neue Brücke, am Werk von Industrial vorbei, durch Vila Minalda, und nach einer Kurve hinter dem Clube Meca war Cataguases verschwunden, und der Mann neben mir fragte voll Hochachtung, ob ich *als Tourist* unterwegs sei, oder *geschäftlich*.

WIE ICH WIEDER ANFING ZU RAUCHEN

Meinen ersten Tag in Portugal habe ich unter mehreren Decken im Hotel do Vizeu verschlafen, in Madragoa, einem uralten Stadtviertel mit engen Gassen und getünchten Fassaden, so alt, dass selbst die Menschen gebrechlich sind, alte Frauen in schwarze Tücher gehüllt, alte Männer mit Baskenmützen, die langsam die steilen Gassen auf und ab schnaufen, an den Wänden entlang, seltsame Leute, die aussehen, als seien sie am Abend noch jung schlafen gegangen und wären am nächsten Tag alt wieder aufgewacht, voller Gebrechen, mit trüben Augen, Gelenkschmerzen, ohne Zähne, mit geschwollenen Beinen und plötzlich erschrocken und misstrauisch gegenüber allem, verhutzelt und unverständlich in sich hineinbrummelnd, dauernd genervt, wenn man sie etwas fragt. Als ich in Lissabon ankam, schaute der Kerl auf das Foto in meinem Pass, ich sagte Guten Tag, er antwortete nicht mal, knallte den Stempel hinein und winkte mich weiter, so hatte ich mir das nicht vorgestellt, er war bestimmt mit dem falschen Fuß aufgestanden, dachte ich bei mir, ging weiter, suchte herum und fand schließlich meinen Koffer, der einsam auf einem Band Runden drehte, völlig zerkratzt und verbeult, was mich echt ärgerte, denn in Brasilien hatte ich ihn ja ganz gegen meinen Willen aufgeben müssen, da war er noch nagelneu gewesen, und dass ich ihn nun so, völlig zerschunden, zurückbekam, fand ich schon unverschämt, dann ging ich am Ausgang zu einem

Polizisten, mal sehen, ob er nicht eine kleine, billige Pension für mich wüsste, nichts Besonderes, »für den Anfang«, der schickte mich weiter zu einem Schalter, wo eine junge Frau mich bediente, die, als sie sah, dass ich Brasilianer bin, unheimlich freundlich wurde und mir von Verwandten in Rio erzählte, ein Onkel, Cousins und so weiter, und fragte, ob ich die Stadt kenne, natürlich, »Ich war mindestens schon fünf Mal da«, antwortete ich, und sie seufzte »Ach!«, Strand, Leute, Musik, und gestand mir, sie hätte *unheimliche* Lust, nach Brasilien zu gehen, es hätte sich bloß nie *ergeben*, und sie würde eine *ganz besondere* Unterkunft für mich finden, aber ich sagte schnell, *im Moment* bräuchte ich erst einmal eine ganz billige Pension, »etwas Einfaches, für den Anfang«, worauf sie detektivisch mit hochgezogener Augenbraue wissen wollte, was mich denn nach Europa geführt habe, und da erzählte ich von meiner Arbeitslosigkeit in Cataguases »Cataguases, da wohne ich«, meinen Sorgen mit Noemi, »Noemi, das ist meine Frau«, in der *Anstalt* in Leopoldina, dass man mir Pierre abgenommen hatte, »mein Stammhalter«, der nun bei diesen Carvalhos aufwachsen musste, »die nichts als Probleme machen, das kann man gar nicht beschreiben«, dass ich in Portugal eine Zeit lang hart arbeiten wolle, so viel Geld wie möglich verdienen, nach Brasilien zurückgehen, ein Haus kaufen, von der Miete leben und, na ja, die Hoffnung hatte ich auch noch nicht aufgegeben, »nichts ist unmöglich«, »wieder heiraten«. Erschrocken erwidert sie, ich sollte das bloß niemandem sagen, »Niemandem!«, denn sonst würde man mich einsperren und sofort wieder nach Hause zurückschicken. Da beschloss ich, sowieso schon traumatisiert, Junggeselle zu bleiben, für den Rest meines Lebens. Sie telefonierte ein bisschen herum, ließ die bleichen, unhöflichen Gringos vor ihrem Schalter Schlange stehen, begleitete mich noch bis zu den Taxis, es war eisig kalt da, gab dem Fahrer eine Adresse und sagte **adeusinho**. Ich muss zu meiner Schande gestehen, mein Fehler, dass ich mir ein paar Mal überlegt hatte, ihr für ihre Freundlichkeit damals zu danken, aber ich habe es doch nie getan, dauernd die Rennerei, und der Flughafen ist ja auch so weit draußen, also habe ich es immer wieder vor mir hergeschoben, und so ist es immer schwieriger geworden.

Senhor Seabra bestand auf Vorauszahlung und stieg humpelnd die Holztreppe hinauf, deutete auf die Gemeinschaftstoilette am Ende des Ganges, *Waschraum* und *Lokus*, das winzige, aber saubere Zimmer, das nach Naphthalin muffelte, Einzelbett, Schrank, zog die Vorhänge auf und lobte die Aussicht, aber ich war nur müde, in meinen Ohren das Summen, mein Kopf war ganz hohl, das Fliegen hatte mir gar keinen Spaß gemacht, ich hatte mit angewinkelten Beinen keinen Schlaf finden können, war etliche Mal zur Toilette gegangen, Druck auf der Blase, im Magen ein flaues Gefühl, die ganze Zeit über hatte es geschaukelt, und man muss sich mal vorstellen, wenn da was passiert, man kann nirgendwo hin, Gott im Himmel!, ich schwor, erst dann wieder einen Fuß in ein Flugzeug zu setzen, wenn es zurück nach Brasilien ginge, und danach bleibe ich für immer am Boden, so etwas nie wieder!, und Senhor Seabra erklärte mit seinen blauen, zusammengekniffenen Äuglein, Frühstück sei nicht *inbegriffen*, die Tür werde um 22 Uhr abgeschlossen und jeder hätte seinen eigenen Schlüssel, sei also selbst verantwortlich für das

Kommen und Gehen, und er würde die Polizei rufen, falls irgendwas nicht in Ordnung sei, übrigens sei er mit dem Chef der Kriminalpolizei gut bekannt, aus seiner Zeit bei der **Fahne** in **Afrika**, in der Jugend, »die beste Zeit« ihres Lebens hätten sie im Krieg in Mosambik verplempert, geblieben sei ihm von damals das Humpeln, »Ein Splitter genau hier«, und die Schlaflosigkeit, die kein Medikament in den Griff bekam, so viel Aufwand, um dann die **Kolonien** doch einfach den **Schwarzen** zu überlassen, mit Kusshand, dafür hätte er kein Verständnis; falls ich etwas bräuchte, solle ich es nur sagen. Erschöpft war ich unter die Decke gekrochen, sofort eingeschlafen, und als ich später schlaftrunken aufwachte, keine Ahnung, wie spät und wo ich genau war, seltsame Stimmen hörte, woher auch immer, dachte ich in einem Anfall von Panik: »Serginho, du bist mindestens tot«, und eine Traurigkeit überkam mich, niemand würde mich hier finden, es wusste ja niemand, wo ich war, man würde mich anonym verscharren in einem Armengrab, wo ich doch immer von einem schönen Begräbnis geträumt hatte, Totenmesse, alle in Trauerkleidung (die Männer in schwarzen Anzügen, die Frauen mit schwarzem Schleier), ein Holzsarg mit goldenen Beschlägen, vier Leuchter mit großen Kerzen, ein Grabstein aus Marmor mit Bild und Namen, Geburtstag und Sterbedatum, einer Lobrede auf meine Person und vielen, vielen Tränen, denn das steht einem Verstorbenen zu, ich musste an den armen Pierre denken, wie sich die Leute das Maul über ihn zerreißen würden, sein Vater sei, kaum in Portugal angekommen, gestorben, und noch niedergeschlagener drehte ich mich wieder zur Seite und schlief weiter.

Am nächsten Morgen stand ich früh auf, zog mich warm an und ging hinunter, um die *Adresse* zu finden, die mir Senhor Oliveira gegeben hatte. Die Rezeption war verwaist, ich schlug auf die Klingel, ein, zwei, drei Mal, niemand kam, noch einmal, hartnäckig, bis eine finster dreinblickende Frau erschien, sich die Hände an der Schürze abwischte und mich anraunzte, sie sei doch nicht taub. Guten Tag, sagte ich widerwillig, sie antwortete nicht, ich sagte es noch einmal lauter, aber sie reagierte gar nicht und fragte, was ich denn wolle, eigentlich nichts, sagte ich, nur sei am Empfangstresen *niemand* gewesen, und ich hätte mir Sorgen gemacht, es hätte doch *jemand* hereinkommen können, um etwas zu stehlen. Die Alte funkelte mich böse an und sagte, »Wir sind hier nicht in Brasilien, du **Schwachkopf**!« und fluchte noch einmal. Ich sah zu, dass ich weiterkam, und seitdem konnte mich Dona Palmira nicht leiden und schimpfte, wann immer sie mir über den Weg lief, belegte mich mit den wildesten Flüchen, erst ärgerte mich das noch und ich versuchte, mich mit ihr gutzustellen, ein Gespräch anzuknüpfen, ließ hier und da eine Nettigkeit fallen, ein Kompliment, aber sie hörte nicht auf, mich auch vor allen anderen Gästen schlechtzumachen, Sachen über mich zu verbreiten, Gott sei dank war Senhor Seabra ihr auch nicht besonders grün und tat alles, um seine Frau auf die Palme zu bringen, also behandelte er mich, je mehr sie mich verächtlich machte, umso besser, und wenn sie mich demütigte, baute er mich wieder auf. Ich ging die Straße bis zum Ufer des Tejo hinunter, so viel Wasser hatte ich in meinem Leben noch nicht gesehen, der traurige Rio Pomba erschien mir daneben wie ein Rinnsal, ich kaufte eine Postkarte, um sie den Leuten in Cataguases zu zeigen, damit die mal staunen konnten, aber manchmal denke ich mir, das lasse ich lieber bleiben, warum soll ich unseren armen Fluss schlechtmachen?, nachher wird er noch krank, trocknet aus, man weiß ja nie, wie einer reagiert. Den ganzen Tag machte ich mir darüber Gedanken, streifte durch die Gegend, schaute mir diese riesigen Schiffe an, die da vor Anker liegen, fragte die Leute nach einer gewissen Rua do Vilar, und jeder erzählte mir etwas anderes. Als es Abend wurde, gab ich erschöpft auf, warf die *Adresse* fort, Senhor Oliveira hatte mich wohl an der Nase herumgeführt, dachte ich mir, na ja, ich hätte es mir auch *denken* können, was hätte es ihm denn gebracht, mir zu helfen?, nichts!, dass ich mich so zum Idioten gemacht hatte, ärgerte mich, bestimmt lachte er sich gerade tot, er und die ganzen anderen Schluckspechte in der Beira Bar, wahrscheinlich machte sich ganz Taquara Preta gerade über mich lustig, »Ha, ha, ha«. Aber egal, dachte ich, jetzt bin ich schon so weit gekommen, das bringt mich nun auch nicht mehr von meinem Ziel ab, sollten sie mich doch für einen Hampelmann halten, das wollen wir doch erst mal sehen, was mich nicht umbringt, macht mich nur härter. Ich setzte mich in eine **Tasca**, so nennen sie hier ihre Kneipen, ich hatte ja noch gar nichts zu Mittag gegessen, bestellte das Tagesmenü, geschmortes Lammfleisch, **Borrego**, und nach drei Gläsern *Hauswein* überkam mich eine unglaubliche Sehnsucht nach damals, als ich noch geraucht hatte, fast hätte ich mir wieder ein Päckchen gekauft, Doktor Fernando würde es ja nicht sehen können, so aus der Entfernung, aber allein bei dem Gedanken hörte ich schon seine Stimme: »Serginho, was soll das? Willst du all die Tausende Menschen enttäuschen, die schon seit Jahren beobachten, wie du dich am Riemen reißt?« Mann!!, sehr viel später, als ich Jerê das erzählte, einem brasilianischen Kollegen, der sich als Sänger und Gitarrist in einer Bar in São João do Estoril durchschlägt, »ja genau, Rua do Vilar, unten am Hafen«, sagte mir der, der viel herumgekommen war, sogar schon in Spanien, dass es diese Straße tatsächlich gibt, aber in *Porto*, einer anderen Stadt oben im Norden, ganz schön und gemütlich soll es dort sein, keine Ahnung, ich war noch nie dort. Aber ich guckte dumm aus der Wäsche und nahm Senhor Oliveira wieder in meine Liste der Guten auf, nachdem ich ihn mindestens einmal zur Hölle gewünscht hatte, wo er sich bestimmt schon ein bisschen versengt hatte, der Arme.

Zwei Tage lang blieb ich niedergeschlagen auf meinem Zimmer, wollte nicht essen, mich nicht waschen, bekam Krusten in den Mundwinkeln, die Sonne wollte nicht rauskommen, meine Nase war rot, Hände und Füße taten mir weh von der Kälte, mit hängendem Kopf tigerte ich auf und ab, als laste ein Sack von sechzig Kilo auf meinem Buckel, und ich schimpfte mich selbst *Esel!*, wer hat denn gesagt, dass du auf andere hören sollst, Mutter, Gott hab' sie selig, hat immer gesagt, wären Ratschläge nützlich, würde kein Mensch welche geben, wenn, dann höchstens *gegen Geld*, ärgerte mich über meine eigene Dummheit, was sollte ich also tun? Ich muss zugeben, ich überlegte sogar, meine Sachen zu packen und wieder nach Hause zu fahren, mir einzugestehen, dass alles eine Nummer zu groß für mich war, mir doch egal, ob sie mich auslachen würden, weil ich es nicht geschafft hatte, war es nicht schon immer so?, wenn ich Bilanz ziehen müsste, Soll und Haben in meinem Leben zusammenrechnen, dann stünde da unter dem Strich ein ganz dickes Minus, man muss der Wahrheit ins Auge sehen, irgendwann, wenn sich alle in der Stadt, wahrscheinlich der ganzen Gegend, über mich lustig gemacht hätten, kämen noch blödere Dummheiten hinterher, und die Leute würden meine allmählich vergessen; ein Witz lebt doch davon, dass er neu ist, vielleicht ein Jahr, und kein Mensch mehr würde sich an meine gescheiterte Reise erinnern. Doch da waren ja noch die *Verpflichtungen*, die ich den Leuten gegenüber hatte, Andenken für diesen und jenen, dem verrückten Hund Ivan hatte ich versprochen, es dem eingebildeten Makler zu zeigen, Leo, meinem Neffen, seine Ausbildung zu finanzieren (falls er weiter zur Schule gehen wollte), vor allem wollte ich für Pierre ein dickes Sparbuch anlegen, wenn man ihn fragte »Pierre, was macht eigentlich dein Vater?«, sollte er stolz antworten können: »Der ist in Portugal und kümmert sich um meine Zukunft!«, das gab mir wieder Auftrieb, also ging ich ermutigt wieder nach unten, lümmelte mich in einen Sessel an der Rezeption, etwas versteckt, falls Dona Palmira auftauchen sollte, sie musste mich ja nicht gleich sehen, und versuchte, meine Gedanken zu ordnen, starrte auf den Teppich am Boden, das Bild mit dem altertümlich gekleideten Mädchen, das ein paar Schafe hütet, die Wand, von der die Farbe abblätterte, die Blumenvase, die sich weich in das gestickte Deckchen auf dem kleinen Tisch bei den Sesseln drückte, und das Gefäß neben der Tür, das, wie sich später herausstellte, ein Schirmständer war (einmal kam ich aus einem Wolkenbruch von der Straße herein, klappte meinen Schirm zusammen und stieg, um ihn im Zimmer zum Trocknen aufzuspannen, rasch die Treppe hinauf, dabei zog ich natürlich eine Wasserspur hinter mir her, da stellte sich mir Dona Palmira wie ein Schießhund in den Weg, die Arme verschränkt, und hinderte mich zischend am Weitergehen, brüllte, ein Wortschwall, den ich gar nicht so recht verstand, bis Senhor Seabra kam und seine Frau anblaffte, sie solle mich in Ruhe lassen, den Regenschirm nahm und wie einen Löffel in Gelatine in den Schirmständer steckte, dabei wütend und aufgeregt schimpfte, wenn man von der Straße hereinkommt, soll man den Schirm dort hineinstellen, und zwar immer, weil sonst die *Alte* jedes Mal durchdrehen würde, *mordsmäßig* Wind machen würde, »Die ist verrückt, Herr Sampaio, sehen Sie das nicht?«), da grüßte mich einer auf einmal sehr freundlich, ich sprang auf, »Sind Sie Brasilianer?«, und als er nickte, sagte ich ganz erleichtert: »Mensch, tut das gut, jemanden zu treffen, der unsere Sprache spricht«. Ich stellte mich vor »Sérgio de Souza Sampaio« und gab ihm die Hand, »Rodolfo ...«, den Nachnamen habe ich nicht mitbekommen, er lud mich auf einen Kaffee ein, wir gingen in ein Segafredo zwei Straßen weiter, und dort erzählte er mir, er sei aus dem Hinterland von Paraíba, weiß nicht mehr, welche Stadt, und schon seit mehr als vier Jahren in Lissabon. Am Anfang war er auch im Hotel do Vizeu untergekommen, nun aber teilte er sich mit einem Kollegen, Jerê, eine kleine Wohnung in Damaia, manchmal besuchte er noch Herrn Carrilho, einen portugiesischen **Pensionär**, der die meiste Zeit seines Lebens in Brasilien gelebt und ihn anfangs sehr unterstützt habe mit Ratschlägen, Hinweisen und Aufmunterung, dem er aus Dankbarkeit manchmal das eine oder andere besorgte, falls er etwas *benötigte* (wie ich später herausfand, waren das schweinische Zeitschriften, die der Alte sammelte, aber aus Verlegenheit nicht gerne selbst kaufen wollte, es war ja *unanständig*). Rodolfo gab mir seine Adresse und Telefonnummer, ich sollte bloß nicht den Mut verlieren, nach und nach würde sich alles richten, falls er etwas mitbekäme von einer Arbeit, würde er sich sofort bei mir melden, und dann sagte er, er wolle mir ein bisschen was von der Stadt zeigen, und wir gingen durch den Wind, kalt wie eine Rasierklinge, er zeigte hier und da auf ein Haus, eine schöne Aussicht, eine Gasse und sagte etwas, was ich kaum verstand, er ging ja vorneweg, das Gesicht in den Schal gehüllt, seine Worte kamen gedämpft und wurden fortgeweht, ich hinter ihm her, hörte immer nur »Hier ist das«, »Unten, da, siehst du? Das ist«, »Die Leute hier sind«, »Pass auf mit« und »Sieh mal«.

Die Kälte machte mich allmählich krank, ich kaufte mir Handschuhe, Socken, eine Mütze, Jacke, Hemd, Hose, alles aus Wolle, und das mitten im Frühling, »Pass mal auf, wie der Winter erst wird, Junge«, sagte Senhor Carrilho, mit dem ich mich anfreundete, er mag Brasilianer und kann seine eigenen **Landsleute** nicht leiden, redet schlecht über sie, wann immer es geht, mit Grund oder ohne, irgendwie ist er traumatisiert, »In deinem Land bin ich reich geworden«, mit zwölf, dreizehn Jahren kam er dort mit dem Schiff an, allein, »im Dorf einer weniger, den man durchfüttern musste«, war in Santos von einem Bruder seiner Mutter empfangen worden, bei dem er sofort angefangen hatte zu arbeiten, Tag für Tag früh um drei Uhr weckte der Onkel ihn, riss ihm bei Kälte die Decke weg, scheuchte ihn hinaus in die Hitze, um Brot zu kneten und später die Kundschaft zu bedienen, Tag für Tag, Samstag, Sonntag und sogar an Feiertagen, unerbittlich, er bekam kaum sein eigenes Stadtviertel zu sehen. Mit sechzehn hatte er sich, größer und lebenslustig, mit seinem Onkel überworfen, verlangt, wie ein Mensch behandelt zu werden, der Onkel hatte ihn als *undankbar* beschimpft, er sei doch kräftig und gesund, habe Kost und Logis, was wolle er mehr?, hatte gedroht, ihn zurück in das Elend von Trás-os-Montes zu schicken, irgendwann war er abgehauen vor den Ausbrüchen des Onkels, mit *nichts auf dem Leib als den Kleidern,* nach São Paulo, wo ihn ein anderer **Portugiese**, der sah, dass man den Jungen noch **formen** konnte, bei sich aufgenommen und für einen Mindestlohn angestellt hatte und ihm beibrachte, alle möglichen Arten von Weißbrot, Brötchen, Zuckerbrot, Kastenbrot, Milchbrötchen, Schmalzbrot, Ciabatta, Schwarzbrot, Krustenbrot, Mischbrot, Kartoffelbrot oder Croissants herzustellen. »Aber«, seinem Freiheitsdrang folgend, **pumpte** er sich irgendwann Geld, übernahm eine heruntergewirtschaftete Backstube in Jardim Japão, baute sich nach der Renovierung einen ansehnlichen Kundenstamm auf, verkaufte sie wieder, um eine andere, größere, in besserer Lage in Vila Maria zu kaufen und die später noch einmal für eine in Casa Verde abzugeben. So war sein Leben verlaufen zwischen Gewinn und Verlust, zwischendurch hatte er geheiratet, zwei Kinder bekommen, »António José ist jetzt Arzt, Cândida Maria Journalistin«, als dann seine Frau starb, fühlte er sich auf einmal einsam, fünfzig Jahre Brasilien und kein Urlaub, kein Restaurantbesuch, kein Fest, kein Strand, seine Tage waren damit vergangen, Brennholz, Mehlsäcke und Geld zu zählen, sich von Angestellten hintergangen zu fühlen und sich selbst Tricks auszudenken, Steuern zu hinterziehen, und nun merkte er, dass er allein war, den Jungen, Kinderarzt in

Ribeirão Preto, sah er nur wenig, das Mädchen war mit einem Typen verheiratet, auch Journalist, den er nicht mochte, also sagte er, er wolle eine Auszeit nehmen, überschrieb seinen Kindern seine vier Immobilien, gab einem anderen *Landsmann* die Prokura für seine Bäckerei, die mittlerweile in Freguesia do Ó war, und machte sich auf in das Dorf seiner Ahnen, Algoso, bei Bragança, dort allerdings wusste niemand mehr, was aus der Familie Carrilho geworden war, »in aller Herren Länder verstreut«, Angola, Mosambik, oder sogar Brasilien, nicht einmal sein Geburtshaus war mehr da, also sprach er »ohne Vergangenheit, ohne Zukunft« ein paar Gebete in der Kirche des Heiligen Antonius in Lissabon, in Padua, San Antonio, erfüllte Gelübde und besuchte den Vatikan, sah von Weitem aus einer Menge heraus Papst Johannes Paul II., eingezwängt auf dem Petersplatz, musste weinen, und als er nach einiger Zeit wieder zurückkehrte, stellte er mit Schrecken fest, dass sein **Landsmann** und sein Schwager ihn hereingelegt hatten. Er war bankrott. Was er **angestellt** hatte mit den Kerlen, darüber schweigt er, sagt nur, inzwischen würde er schon seit sechs Jahren im selben Zimmer im Hotel do Vizeu wohnen, mit Aussicht auf die zum Trocknen aus den Fenstern gehängte Wäsche und schnarchende, fette Katzen, die, wie er, nichts zu tun hätten als *stur wie ein Esel* die Last der letzten Tage zu tragen.

Senhor Carrilho war es auch, der mir das Ao Recanto dos Caçadores empfahl, drei Straßen weiter unten, rechter Hand, kaum zu erkennen als **Tasca**, hinter der schmalen, verwitterten Tür ein klebriger Tresen, der kaum das Gewicht der historischen Registrierkasse hielt, eine schmale, beschwerliche Treppe hinunter in einen niedrigen Keller, winzige Tische mit schlichten Papierdecken, Plakate von Benfica aus den verschiedensten Epochen hinter Glas, ein wie oft schon geschrubbter Boden und billiges Essen, mein Geld ging ja zur Neige, und Arbeit war keine in Sicht, meine Lage war langsam verzweifelt, manchmal schoss es mir durch den Kopf, eine Dummheit zu begehen, Gift zu schlucken, mich von der Brücke des 25. April zu stürzen, meist war ich, um mich zu zerstreuen, schon früh da, aß langsam, beobachtete die anderen Gäste, zum Beispiel den einen, der sich immer an denselben Platz setzte, an eines der beiden Fenster mit Blick auf die abschüssige Straße, pünktlich um zwölf Uhr stellte der Wirt, Senhor Frade, dem Dichter, so nannten sie ihn, ein Glas Rotwein hin und ein Körbchen mit Brot, er war klein, zierlich, bleich, strähniges Haar, schuppig und bis zu den Schultern, abwesende braune Augen, tief wie von Albträumen in ihren Höhlen, trug immer Schwarz, Hose, Socken, die Schuhe, die Jacke, nur das Hemd weiß und ungebügelt, setzte sich, schlug ein dickes Heft auf, nippte an seinem Wein, abwesend, ließ seinen Füllfederhalter nachdenklich in der Luft kreisen, hielt dann inne und kritzelte *wie besessen*, immer und immer wieder, bis ihm um eins Senhor Frade persönlich das Tagesgericht hinstellte und fragte, wie es dem Herrn Dichter denn gehe?, ohne auf Antwort zu warten, die sowieso niemals kam. Nach dem Essen, für das er selten länger, aber auch kaum weniger als eine halbe Stunde brauchte, tauchten aus Zigarettenqualm und Fettdunst seine *Jünger* auf, scharten sich um ihn und brüllten durch das Geklimper von Gabeln, Messern und Tellern hindurch allerhand kluges Zeug. Einmal mischte sich, kurz vor Ladenschluss, Senhor Frade ein, zeigte mit dem Finger in meine Richtung und sagte zu dem

Dichter, »Da drüben der ist Brasilianer«, und ich merkte, welch hohes Ansehen wir bei dem Dichter genossen, denn er wandte sich sofort zu mir um und bat, »Gib mal etwas zum Besten, die Melodie deiner Sprache gefällt mir«. Singen war nie meine Stärke, also antwortete ich, »Mann, als Vöglein bin ich momentan in der Mauser«. Interessiert fragte er, aus welcher Gegend ich sei, denn er könne meinen Akzent *gar nicht lokalisieren*, »Aus Minas Gerais, Cataguases, wo fleißige, aufrechte Menschen zu Hause sind«, antworte ich, und er prustete los, seine Tischnachbarn **spotteten**, und auch ich lachte, um dem Dichter nicht zu enttäuschen. Seitdem bat er mich jedes Mal, wenn er mich sah, etwas zu den Leuten zu sagen, damit er meinen lustigen **Akzent** hören könne, »Diese Brasilianer!«, danach vertiefte er sich wieder zufrieden in das Gespräch mit seinen Freunden. Manchmal kam auch ein älterer Herr, und kaum zeigte er sich auf der Treppe, sprangen sofort alle auf, offenbar ein wichtiger Mann, prügelten sich geradezu darum, wer ihm seinen Platz anbieten durfte. Weiße, fransige, längere Haare, wie eine Mähne im Wind, groß, mager, fadenscheinige Kleidung, grotesk, er aß nie etwas, höchstens mal eine Kleinigkeit, dafür rauchte und trank er *mit Eifer*, gestikulierte im Stehen, wie ein Prediger, fluchte auf Gott und die Welt, und von den Schimpfworten mal abgesehen erinnerte er mich an einen Pastor der Evangelikalen nach einer mageren Kollekte; dann ging er wieder, ohne zu zahlen, rauschte hinaus, einen Haufen Bücher unter dem Arm, und hinterließ eine Friedhofsstille, so drückend, dass bald auch alle anderen ihrer Wege gingen. Einmal fasste ich mir ein Herz und fragte Senhor Frade, wer denn dieser Mensch sei, um dessen Gunst sie sich alle bemühten, und er rief empört, ein Wunder, dass er mich nicht gleich geschlagen hat: »Lopo Garcia?! Portugals Intellekt in Person!«, »der Bedeutendste unserer Mitbürger«, »eine wandelnde Enzyklopädie der portugiesischen Kultur«, weil ich Brasilianer sei, könne er über meine *Ignoranz* noch einmal hinwegsehen, doch den Namen müsse ich mir unbedingt merken, »Von ihm wird man noch einiges hören«, denn er sei gerade dabei, sein »ganz großes Werk« zu verfassen, das schon bald in den **Auslagen** der Buchhandlungen **prominent** präsentiert werden würde, ganz ohne Frage. Puterrot im Gesicht schnaufte er, dass ich fast fürchtete, er würde gleich einen Anfall bekommen, beruhigte sich nach einem **Bagaceira**, aber ich wandte besorgt ein, der Mann sei ja *nicht mehr der Jüngste* und würde womöglich den Ruhm seines Werks nicht mehr erleben? Mit Engelsgeduld aber innerlich bebend erwiderte Senhor Frade »du **Einfaltspinsel**«, das sei völlig unerheblich, »selbst wenn wir längst tot sind und auch unsere Kinder und Kindeskinder«, sprudelte es aufgeregt aus ihm heraus, »wird man sich seiner immer noch erinnern«. Ich war beeindruckt, denn ich weiß kaum noch genau, wie meine Großeltern heißen, und schon von meinen Onkeln väterlicherseits, draußen in den *Käffern*, kenne ich nur noch die Spitznamen: Onkel Zé Bergmann, Onkel Onofre der Hufschmied, Onkel Elmo Gemüsebauer, der Onkel, der nichts dafür kann ... Einmal sagte ich stolz zu Carrilho, ich sei mit dem Dichter bekannt, doch da zuckte er nur mit den Schultern und sagte: »Mein Junge, bei uns ist doch jeder ein Dichter, ich auch«, und da staunte ich natürlich nicht schlecht, aber die Vorstellung, wie Carrilho an einem Tisch sitzt und sich die Haare rauft und auf *Inspiration* lauert, wollte mir beim besten Willen nicht gelingen, doch er fuhr fort, »Dichter sind sie alle, nur hat keiner ein Buch ...«, von was diese **Typen** dann eigentlich lebten, fragte ich zurück, wenn sie den ganzen Tag nichts taten und trotzdem zurechtkamen, *der* Dichter sei Nachfahre des Marquis von Alva, erklärte er mir, habe »Blaues Blut« in den Adern, zwar kein Geld, aber Geschichte, und er »lebt *wirklich* von der Vergangenheit«, stöbere in **Antiquariaten** herum nach alten Ausgaben portugiesischer Literaten, die er an deren Stelle *signiert* und dann weiterverkauft, für das Zwanzig- oder Dreißigfache ... sein Heft sei »kein Notizbuch mit **Lyrik**«, sondern ein Übungsheft für gefälschte Autogramme ... Über so viel Schlauheit konnte ich nur staunen!

Aber ich ging nicht mehr lange ins Ao Recanto dos Caçadores. Einmal saß ich traurig in einem der beiden Sessel unten im Hotel do Vizeu und las zerstreut die Meldungen im »Correio da Manhã«, Senhor Seabra lässt die Zeitung nach dem Lesen immer völlig zerfleddert auf dem Tisch liegen, da klingelte das Telefon und der **Kapverdianer**, der die Treppe heruntergestürmt und drangegangen war, sagte »He, **Brasilêro**, für dich«. Ich stand auf, es war Rodolfo, »Erinnerst du dich noch an mich?«, er hätte mir schon eine Nachricht hinterlassen, »Hast du sie nicht bekommen?«, verdammt, Dona Palmira!, »Also Folgendes«, Jerê hätte von einer freien Stelle als Kellner gehört, im Bairro Alto, ich könne sie haben, wenn ich wolle, müsse aber sofort zu einem Senhor Peixoto gehen, und das tat ich natürlich. Pünktlich zur Mittagszeit war ich da, doch im Lokal war nichts los, eine einfache Tür, erst dachte ich, es sei die falsche Adresse, doch der Name auf dem Schild, O Lagar do Douro, und die Adresse Atalaia, Ecke Travessa dos Fiéis de Deus waren eindeutig, eine Kühltheke mit **Meeresfrüchten**, Weinflaschen in den Regalen, ein Durchgang zur Küche – mehr konnte ich durch den Spalt nicht erkennen. Also streifte ich, um die Zeit totzuschlagen, herum, die Rua da Rosa entlang bis zum Elevador da Bica, die Rua do Loreto hinunter, rempelte mich durch bis zur Praça Camões, bestaunte neidisch von Weitem die aufgekratzten Touristen auf dem Chiado, ein Gezeter wie Äffchen in der Voliere, stieg missmutig den schmalen Weg an der Rua da Misericórida hinauf und stand plötzlich vor der São-Roque-Kirche. Mir wurde schwer ums Herz, ein steinerner Schmerz, ich gab mir einen Ruck und ging hinein, mich umfing kalte Stille und meine Erschöpfung, ergriffen kniete ich nieder und dachte an meine verstorbene Mutter, meinen verstorbenen Vater, Pierre, meine Freunde, die Verwandten, die nun so fern waren, und flehte Gott an, er möge mir in dieser schwierigen Stunde meiner Einsamkeit und der Reue ein Halt sein und mir so schnell es gehe eine Arbeit besorgen, weil das Geld langsam knapp wurde, kaum mehr für die Miete und das Mittagessen ausreichte, die einzige Mahlzeit am Tag, morgens und abends sparte ich sie mir bereits, ging zu Fuß durch die Straßen, hielt im **Eléctrico** und im **Autocarro** immer Ausschau nach **Kontrolleuren**, und gelobte alles Mögliche, sogar bis nach Aparecida do Norte zu pilgern, zu Fuß, weil sich inzwischen mein Magen sogar nachts meldete und mich wachliegen und auf die Geräusche der uralten, knarzenden Dielen horchen ließ. Ich dachte an das Schicksal von Baptista Bernardo, meines Flurnachbarn, an eine Krücke gefesselt, die sein linkes Bein ersetzt, den ich manchmal zu den unmöglichsten Uhrzeiten sehe, wie er, den Kopfhörer seines Walkman auf, in einem Sessel sitzt, seine schlafenden Kinder auf einem **Federbett** hinter ihm auf dem Boden, und entrückt der **Kizomba** lauscht, das ist die Musik, die sie da unten hören. Einmal fragte ich Senhor Carrilho, ob der Angolaner oft Streit mit seiner Frau habe, und er antwortete, »ganz im Gegenteil, sie verstehen sich gut«, und staunte über meine Blindheit, denn es wüssten doch *alle*, wenn Baptista sich mit den Kindern nach unten verzog, hatte er einen Kunden gefunden für seine Frau, eine große, schlanke, immer freundliche Afrikanerin, die ich vom **Guten-Tag-Sagen** kannte. Ich fragte entsetzt, wie man nur daran denken könne, seine eigene Frau zu *vermieten*. Da hatte Herr Carrilho nachdenklich geantwortet, »das Elend, mein Junge, das Elend«, und mir erzählt, dass Baptista Bernardo sein Bein schon vor gut zwanzig Jahren verloren hatte, als Kind, als er auf eine **Mine** getreten war, die im Krieg zwischen Portugal und den **Unabhängigkeitsbewegungen** auf dem Feld verborgen gelegen hatte, mit nur einem Bein hätte er dann nicht mehr zur Schule gehen können, weil die Schule von seinem Dorf zu weit weg war, und als sie geheiratet hatten, seien sie dann, um den Kindern eine bessere Zukunft zu bieten, nach Lissabon abgehauen, ohne Geld, ohne Arbeit. Die Frau *prostituierte* sich mit Zustimmung ihres Mannes, um nicht zu verhungern, und so konnten sie alle nötigen Ausgaben bestreiten, die Kinder, waschechte **Alfacinhas**, gingen dank ihrer *Arbeit* in sauberen **Kittelchen** in den Kindergarten von Santo Condestável, sprachen ordentlich Portugiesisch, denn **Umbundu** war zu Hause verboten, und hatten als richtige Staatsbürger die Chance, es im Leben zu etwas zu bringen, es einmal besser zu haben als ihre Eltern in Portugal oder auch in Angola, wo, so hörte ich es von Baptista Bernardo selbst, diejenigen, die den Krieg gewonnen hatten, die *Elite*, nun ihre Kinder nach Lissabon schickten, um **auf den Putz zu hauen**, was sie auch ausgiebig taten, selbst in den besten Gegenden wohnten, in den besten Autos herumfuhren, in den besten Restaurants aßen und teure *Markenklamotten* trugen, vom Geld aus Diamanten und Erdöl, und das Land ausplünderten, wie früher die **Tugas**, und alle anderen lebten weiter in Armut in ihren **Musseques**, **Sanzalas**, im Elend. Ich war so beeindruckt gewesen, dass ich völlig vergaß, ihn zu fragen, was er eigentlich für seine Frau verlangte ...

Die Arbeit im O Lagar do Douro begann immer gegen drei Uhr nachmittags mit dem Eindecken der eng beieinanderstehenden Tische und war erst zu Ende, wenn kein *anständiger Mensch* mehr im Bairro Alto unterwegs war, nur noch Prostituierte, Transvestiten und Drogensüchtige. Wir waren zu fünft in dem Laden, Senhor Peixoto, der Besitzer, gab Kommandos und sagte sonst wenig, immer piekfein, glatt rasiert, parfümiert, blitzsauberes weißes Hemd mit Monogramm auf der Brust, schwarze Hose und Schuhe, Goldkettchen um den Hals, nahm in der Ecke hinter dem Tresen Bestellungen auf, reichte sie nach hinten weiter, sah ab und zu nach dem Rechten, schlenderte zwischen den Gästen umher, weil man das eben so tut, nicht weil ihm das Freude gemacht hätte, denn er konnte zu seinem eigenen Leidwesen keine andere Sprache, er grüßte die ganzen Ausländer nur beiläufig, schwitzend und mit einem leichten Nicken, wie einer, der es an den Nerven hat, schließlich übertrug er dies Anatólio, einem ukrainischen Kellner, blond und blauäugig, der irgendwie alles verstand, was sich ausländisch anhörte, es brauchte nur einer irgendwie seltsame Laute von sich zu geben, schon umgarnte er ihn voller Verrenkungen, schmierig wie ein Zauberkünstler, ganz egal ob Amerikaner, Japaner, Franzose, Deutscher, Italiener oder Spanier, begleitete die Leute an einen Tisch, schob Brot, Oliven und eine Paste hin, präsentierte das **Menü**, konnte Wein und **Dessert** empfehlen und schaute verächtlich auf die Kollegen der anderen Restaurants, die mit ihm um die Kundschaft konkurrierten, nur Dona Celestina, die Köchin, ließ sich davon nicht beeindrucken und brummte, er sei nur ein **Blender**, »der tut doch nur so«, der sagt gar nichts, »schon sein Portugiesisch ist noch schlechter als deins«, stellte sie fest, aber sie hatte auch immer etwas zu meckern, ständig Wehwehchen, und jammerte, »Schau dir nur meine Beine an«, zeigte ihre Krampfadern und litt unter *grausamen* Bauchschmerzen, so viel gutes Essen und ich »darf nur **Brei**«, *furchtbarer* Migräne, »Von **klein auf** lässt mich mein Kopf nicht in Ruhe«, *brandigen* Händen, *Kurzsichtigkeit* und was noch allem, verbreitete Woche für Woche eine derartige **Laune**, unglaublich, aber Senhor Peixoto, anscheinend über Ecken mit ihr verwandt, ertrug das alles, ich glaube, er hörte das Gejammer gar nicht mehr, der arme Nico aus Guinea bekam dafür alles ab, tiefschwarz, Mädchen für alles, der musste die Tische decken und abräumen, Gemüse, Fisch, Meeresfrüchte, Fleisch, Wein ausladen, den Boden schrubben und auch die **Toiletten**, kam als Erster zur Arbeit, ging immer als Letzter und wurde trotzdem andauernd mit Füßen getreten, vor allem von Anatólio, der mit seiner Abneigung gegen **Schwarze** nicht hinter dem Berg hielt. Die Bezahlung war gut, und so fing ich an, wieder mit dem Gedanken zu spielen, nach den *Alimenten* für Noemi und Pierre so viel wie möglich beiseitezulegen, um bald wieder zurückkehren zu können und in Cataguases Immobilienbesitzer zu werden, um von der Miete zu leben, den ganzen Tag lang nichts mehr zu tun als die Rua do Comércio auf und ab zu spazieren, auf der Praça Rui Barbosa zu sitzen und zu plaudern, *Porrinha* zu spielen, den Frauen nachzuschauen und mich von den Leuten aus den überfüllten Bussen heraus respektvoll grüßen zu lassen, Guten Tag, Serginho, nein, Senhor Sérgio, Guten Tag, Senhor Sérgio, nein, nein, Doktor Sérgio, Guten Tag, Doktor Sérgio, vielleicht würde ich auch für das Stadtparlament kandidieren, in den Rotary Club oder den Lions Club eintreten, ich würde wichtig sein, Mitglied im Ruderverein, in der Gesellschaftskolumne der Zeitung stehen, für Pierre ein Geschäft eröffnen, einen *Supermarkt*, wenn er darauf Lust hätte, oder ein Internetcafé, damit verdient man heutzutage anscheinend viel Geld, vorher aber musste ich noch meine Position hier verbessern. Anatólio war schon viel länger als ich in der Firma und nahm die Bestellungen auf wie ein Galan, ich durfte die Flaschen entkorken, Teller bringen und wieder abräumen, die Tischtücher ausschütteln, aber nur er durfte kassieren und steckte sich auch alles Trinkgeld in die Tasche seiner schwarzen Schürze, die er, wie wir alle, über dem weißen Hemd trug zu schwarzer Hose, schwarzen Schuhen, das kontrollierte Senhor Peixoto jeden Tag, ob da ein kleiner Fleck war oder eine Falte. Das ärgerte mich, denn am Ende des Abends hatte Anatólio einen Haufen Euros zusammen in Münzen und Scheinen und ging, ohne auch nur einen Centavo davon abzugeben, ich trug doch auch dazu bei, dass es den Leuten bei uns gefiel. Einmal beschwerte ich mich bei Senhor Peixoto, aber er sagte, das gehe ihn nichts an, so sei das System eben, Anatólio sei das *Aushängeschild*, also hätte er auch besondere Rechte, »würde er nicht die Gäste heranschaffen«, wäre nicht einmal Geld da, um mich zu bezahlen. Also begann ich, genauer darauf zu achten, was Anatólio so sagte, spitzte die Ohren und versuchte, zu lernen, wie man mit Ausländern redet, was den Ukrainer natürlich misstrauisch machte, ich will ja nicht angeben, aber ich war ruckzuck bei den Bleichgesichtern und legte auf Englisch los, *jess, sör, jess, mädäm, tschip fuud, gud fuud, wain, fisch, miet, ßenk-ju* (Dona Gilda, meiner Lehrerin am Abendkurs der Staatlichen Schule Guido Marlière, sei es gedankt, unvergessen die Stunden in sommerlich stickigen Räumen und die Lektionen, die nie irgendwem etwas nützen würden, und nun, fern der Heimat, verstand ich ihre Anstrengung, uns Dummköpfen die Bedeutung des Verbs *tubí* und die richtige Aussprache der Buchstaben in den Kopf zu hämmern: *ey, bi, ßi, di, i, eff, dschi, eytsch, ai*). Hätte mich Senhor Peixoto nicht nach gut einem Jahr rausgeworfen, wäre aus mir ein zweiter Anatólio geworden und die Kundschaft hätte mir und meinem *didi ju endschói it?* zu Füßen gelegen.

Um diese Zeit lernte ich Sheila kennen. Ich war, wie man so sagt, etwas *ausgehungert*, und als meine Finger über die ersten Scheinchen meiner Ersparnisse strichen, nahm ich Nino beiseite und erkundigte mich diskret, wo man jemanden, na ja, eine, »du weißt schon ...«, finden könne, ich hatte schon völlig vergessen, wie man sich an Frauen heranmacht, und er lachte und zeigte sein weißes Gebiss, »**Un son mon ka toka palmu**«, eine Hand allein kann schlecht klatschen, und nannte mir eine Gegend. An einem Montag, als ich freihatte im Lagar do Douro, ging ich in die Rua do Conde de

Redondo, Laufsteg der Transvestiten und Prostituierten, alles durcheinander, Gott soll es mir nachsehen, aber man kann die nicht auseinanderhalten: Brasilianerinnen, Afrikanerinnen, sogar ein paar *Verwandte* des Hurensohns von Anatólio, ich trat in eins dieser **Lokale**, ein dunkler Raum, verraucht, wenig Kundschaft, eine Blondine tanzte Striptease auf einem Podest, aus der Lautsprecherbox hauchte es knackend *Je t'aime … moi non plus*, so ein schweinisches Lied, das ich noch aus meiner Kindheit kannte, eine Platte mit grünem Cover, Erótica, die Onkel Zé-Carlim immer auflegte, wenn er meinen Vater ärgern wollte, den er nicht leiden konnte, zum Leidwesen meiner armen Mutter, die immer auf Ausgleich bedacht war, und setzte mich an einen Tisch, bestellte ein Bier, fünf Euro!, das haute mich fast vom Stuhl, das ist Wucher!, aber schon kam so eine Deutsche heran, größer als ich, rötliche Haare, ganz blaue Augen, ein milchiger Körper, viel zu groß für das funkelnde Kleid, ließ sich auf dem Stuhl nieder, richtig freundlich, und ich fing ein Gespräch an, erklärte, ich sei Brasilianer, »*brazilian*«, wiederholte ich, als ich merkte, dass sie unsere Sprache nicht richtig beherrschte, schob ihr ein Glas hin, aber sie wollte lieber so ein buntes Getränk, das ein Vermögen kostete, da war ich schon wieder eingeschnappt, unverschämt!, aber mein Gott, in meinem ganzen Leben hatte ich noch nie bei so einer Frau gesessen, so … so … was weiß ich, sie sah aus wie ein Filmstar, eine Schauspielerin aus dem Fernsehen, würde sich in Brasilien im Haus eines jeden Reichen gut machen, und da saß ich nun, ganz dicht bei ihr und stellte mir vor, wie wir beide, verheiratet, in Cataguases aus dem Bus steigen würden, die Leute stehen um uns herum, drängeln sich, um uns näher zu sein, »Serginho, das gibt's doch nicht, wo hast du denn *die* her?«, und ich genervt, weil ich *immer und immer wieder* dieselbe Geschichte erzählen muss, »verliebt eben, hat alles stehen und liegen lassen, um mit mir zu gehen ... eine große Verantwortung ... aber was soll man machen?«, stolz war ich, widerlich, in neue Sachen gezwängt aus einem Laden an der Metrostation Alameda, doch als noch ein Glas von dem Gesöff kam, war mein Stolz dahin, ich bekam langsam Angst vor der immer höher werdenden Rechnung und räusperte mich, fragte, Daumen und Zeigefinger aneinanderreibend, *»hau matsch*?«, worauf sie nuschelte *»fiersisch erro*«, ach du Scheiße, ein Haufen Geld, so würde ich es nie schaffen, etwas zur Seite zu legen, ich versuchte zu handeln, aber sie verstand Bahnhof, wollte sie überreden, zu mir in mein Zimmer in Madragoa zu gehen, da hätte ich wenigstens etwas gespart, *»mai rum*«, aber sie sagte etwas, das ich nicht verstand, also zahlte ich und wir gingen, ich missmutig hinter ihr her, bereute es längst, zu einem kleinen Haus in der Rua Ferreira Lapa, sie holte den Schlüssel bei der **Concierge**, einer Alten, die wohl wegen der späten Stunde noch hässlicher war, wir stiegen die knarzende Treppe hinauf, betraten ein winziges Zimmer mit einem schmalen Doppelbett, sie machte das Licht aus, und in kaum einer halben Stunde stand ich schon wieder auf dem Bürgersteig, einsam, und wusste nicht, wie mir geschehen war, ob es mir gefallen hatte, oder ihr, was überhaupt passiert war, solche Dinge, die irgendwie wichtig sind, so Gedanken, die sich ein Mann macht, wenn er bei einer Frau war. In dieser erschlafften Stimmung strich ich durch Coração de Jesus, eine Gegend, in der ich mich nicht auskannte, bis ich mir meiner *Abwege* bewusst wurde, meinen Stolz überwand und beschloss, jemanden anzusprechen, der mir sagen könnte, wie ich zurückfinden würde nach Madragoa, ohne mich noch mehr zu verlaufen, und weil ich nicht dumm bin, suchte ich mir unter den Leuten eine der *Huren* aus, die zwar auf Stöckelschuhen und in einem engen Fummel nur spärlich bekleidet war, aber doch wenigsten noch eine Spur Anstand zu haben schien, tippte ihr auf die Schulter, »Hier ...«, und ihre hellbraune Mähne brachte ein Gesicht voller Rouge zum Vorschein, blau geränderte Augen, rot angepinselter Mund, »du liebe Zeit«, trällerte sie, »ein Landsmann«, klammerte sich an mir fest, ich bekam fast keine Luft mehr von dem starken Parfüm, mein Hals schnürte sich zu, blöde Allergie, ich rang nach Atem, früher sind mir schon einige Liebschaften so durch die Lappen gegangen, »alles in Ordnung, Schätzchen?«, und ich, meine Lippen schon blau, versuchte, sie mit Handbewegungen fortzuscheuchen, »um Himmels Willen«, in dem Aufruhr, der sich zusammengerottet hatte, »Schafft das Arschloch hier weg«, nicht, dass noch die Polizei auftaucht, bekam ich wieder ein wenig Luft, Farbe, »ganz ruhig«, streckte ihr, während ich die Nachtluft tief einsog, die Hand entgegen, sehr dankbar dafür, dass sie sich um mich sorgte, »Serginho«, und sie erschrocken: »Was war denn?«, ich: »Nichts«, verächtlich, »Nichts von Bedeutung«; erleichtert drückte sie meine Hand, »Sheila, ganz meinerseits«, »Du bist Brasilianerin?«, »*Brasileiríssima*, und du bist aus Minas Gerais«, »*Uai*, woher weißt du das denn?«, »Nur in Minas sagen die Leute noch ›Hier‹ zur Begrüßung«, und dann lachte sie mit all ihren sehr schönen Zähnen, ohne Zahnlücken, an denen ich sah, dass sie aus gutem Hause sein musste, was ich mir schon gedacht hatte, ich irre mich *selten* beim ersten Eindruck, und unbedacht ließ ich den Kavalier durchschimmern und lud sie zum Essen ein, »Schon zu Abend gegessen?«, sie schüttelte erstaunt den Kopf, »Geht nicht«, sie müsse doch arbeiten. Wieder vernünftig geworden, tastete ich nach den paar Geldscheinen, die in meiner Tasche noch übrig waren, fast nichts mehr, ich musste unbedingt vorsichtiger sein, wollte mir jetzt aber auch keine Blöße geben, und sie: »Willst du nicht ... mit mir ...?« Verlegen gab ich zu verstehen, dass ich sozusagen schon keinen *Bedarf* mehr hatte, »Verstehst du?«, bedauernd und doch sehr interessiert, sie wieder zu sehen, »ich arbeite im Bairro Alto in einem Restaurant«, O Lagar do Douro, dort könne sie mich jederzeit finden, ich würde mich *freuen*, mit ihr die Stadt zu erkunden, »wann immer du willst«, sie schien auch nicht abgeneigt, und dann atmete ich tief durch und fragte, »Sheila, ich glaub', ich hab' mich verlaufen«, wie ich aus diesem verwunschenen Labyrinth wieder herauskäme.

Und Sheila kam mich tatsächlich besuchen. An einem Donnerstag, als wir die Tische deckten, Nino, Anatólio und ich, strahlte sie graziös um die Ecke, erst nicht zu erkennen, aber ganz Dame, so schön, wie man es den Leuten aus Goiás immer nachsagt, fragte nach mir, und wir verzogen uns vor den neugierigen Blicken, mit Genehmigung von Senhor Peixoto, in eine Ecke, wo sie, drei Küsschen auf die Wange, sagte, wenn ich wollte, könnten wir uns mal wiedersehen, und gab mir ihre **Nummer**, »du schuldest mir« ein Mittagessen, und ich trottete mit humpelndem Herzen, kaum in der Lage, die Last meines Körpers auf meinen Beinen zu halten, zurück an die Arbeit, im Kopf ganz woanders, und merkte mir nicht einmal, wohin sie verschwunden war, nur die Spur ihres Nachmittagsdufts blieb noch ein Weilchen in meiner verstopften Nase, und schon kamen sie neugierig und gehässig heran, »wer?« denn die **Dame** gewesen sei, die ich auf der Stelle mit grimmiger Miene verteidigte, »Meine Cousine«, sogar Nino lästerte und Senhor Peixoto erklärte sie zur »Nutte« und trieb uns zurück an die Arbeit, ich musste meine ganze Selbstbeherrschung aufbringen, um den Sauhunden nicht ruckzuck draußen auf dem Kopfsteinpflaster die Fresse zu polieren, auch Dona Celestina erklärte ich: »Eine Verwandte von mir«, aber sie raunzte, wie immer in ihre Küche gezwängt und zu meiner Enttäuschung: »Brasilianerin? Dann geht sie **auf den Strich**«. Am Morgen darauf verkündete ich Herrn Carrilho, als wir uns im Eingang des Hotel do Vizeu begegneten, die frohe Botschaft, und er, »Vorsicht«, man wisse nie, woran man sei, erzählte, »was mir passiert ist«, noch mal die Sauerei, die man ihm in Brasilien zugefügt hatte, »auch noch ein **Landsmann**!«, und stand, wie jedes Mal, wenn er sich seines Unglücks erinnerte, kurz vor dem Zusammenbruch, bekam fast einen Anfall, seine Halsschlagader schwoll an, das Gesicht wurde rot, die Lippen dagegen verloren an Farbe, und er stieß, hin und her schwankend, Schimpfwörter aus, echte und frei erfundene, und verfluchte den ganzen **»Abschaum«**. Nach einem **Kaffee**, während dem ich ihm pflichtschuldig zugehört hatte, ließ ich ihn sitzen und rief von einer Telefonzelle aus Sheila an, und wir vereinbarten, zusammen zu Mittag zu essen, ein Montag, *Ruhetag*, ob sie wohl Lust hätte auf »Reis und Bohnen?«, die übrige Woche zerbrach ich mir den Kopf, fragte herum, »welches« **Lokal** so etwas **anbiete**, Gibt es nicht!, Reis ist in Portugal schüchtern, geht niemals allein, als **Arroz de**

Pato, **Arroz de Marisco**, **Arroz de Gambas**, **Arroz de Polvo**, **Arroz de Tamboril**, aber einfach nur Reis und dazu Bohnen ist kompliziert!, aber dann fand ich sogar eine brasilianische **Tasca**, ganz in der Nähe der Metrostation Saldanha, und obwohl dies noch einmal meine Ersparnisse angreifen würde und meine Chancen, schon bald wieder nach Cataguases zurückzukehren, noch einmal minderte, beschloss ich, die Zukunft ein wenig vorwegzunehmen und auf jeden Fall dort zu Mittag zu essen, ganz ohne schlechtes Gewissen, *denn* wer weiß schon, was kommt?, man wird überfahren von einem Bus, auf dem **Bürgersteig**, oder bekommt einen Herzinfarkt oder einen Hirnschlag und wird dumm im Kopf, oder, noch schlimmer, ist kerngesund, legt sich schlafen, und wenn man aufwacht, ist man tot!, zack!, und Sheila war, wie man in Portugal sagt, **bué de fixe**, einfach klasse, breitete ihr ganzes Leben vor mir auf dem Tisch aus, das Elend in ihrer Geburtsstadt Maurilândia, wo sie als Enkelin von Goldsuchern ohne Heimat zur Welt kam, ohne Namen, ihr Vater hatte den Hang zum Nomadentum übernommen und war *abgehauen*, dem Gold in der Serra Pelada nach, man hat ihn nie wieder gesehen, hat die Mutter mit sechs Kindern sitzen gelassen, sie war die Jüngste damals, noch auf dem Arm, sie hatten sich durchschlagen müssen, von Fazenda zu Fazenda, Gefälligkeiten, und landeten schließlich in Riverlândia, Distrikt Rio Verde, auf der Sojaplantage von Leuten aus São Paulo und blieben dort hängen, schon bald steckten die Brüder, als sie größer wurden, bis zum Hals in der Plackerei auf dem Land, so ist das Leben, und ihr wäre es sicher nicht anders ergangen, hätten sie nicht im zweiten Jahr auf der Mittelschule einen Ausflug nach Goiânia gemacht, in die Landeshauptstadt, um einen Aufsatz über die Denkmäler zu schreiben, das für den unbekannten *Bandeirante* und das für die drei Rassen, »den Tag vergesse ich nie«. An jenem Tag, einem Freitag, hatte sie, noch ganz fasziniert von dem Gewimmel, dem Durcheinander, den vielen Leuten auf der Straße, beschlossen zu fliehen, noch einmal sei sie nach Hause gegangen, erzählte sie mir, habe ein paar Sachen in eine Tasche gestopft, voller Angst auf das Erwachen am frühen Morgen gewartet, und anstatt den staubigen Pfad bis zum Haus ihrer Dienstherrschaft zu gehen, wo sie zwei schmächtige Kinder hütete, sei sie heimlich zur Landstraße abgehauen, betend, dass jemand, wenn möglich von außerhalb, sie mitnehmen würde, ein Lastwagenfahrer vielleicht, doch dann hatte ausgerechnet der schwarze Santana von Senhor Olinto gehalten, ein Geizkragen, der mit allerhand Zeug handelte, war stehen geblieben am Straßenrand und hatte einfach gewartet. Nur zögerlich und voller Angst, er könne sie womöglich wieder nach Hause fahren, war sie eingestiegen, hatte die Tür zugeschlagen, »Schmeiß das Zeug rein«, hatte er gebrummt und auf die Rückbank gedeutet, war losgefahren, »Willst abhauen, Mädchen?«, und ohne auf die Antwort warten, »hast Recht, dieses Loch hier ist nichts für ein ansehnliches Mädel wie du«, und, »Serginho«, sagte sie dann mit belegter Stimme, die Gabel noch in der Luft, ohne zu schlucken, *in diesem Moment*, sei ihr klar geworden, warum ihre Mutter ihr gutes Aussehen verflucht habe, »wundervoll«, wenn man reich sei, doch nun, da sie arm waren und fast im Elend, »ein Fluch«, und der Mann hatte schwadroniert, er könne, wenn sie nur wolle, als Kapitalist habe er in Goiânia *Beziehungen*, und hatte Namen genannt, »der Abgeordnete Chiquito

Frutuoso?«, mein Freund, Hinz? und Kunz? und wer noch alles, *so* seien sie alle mit ihm, und hatte Daumen und Zeigefinger aneinandergerieben. Es hatte nach Eukalyptus gerochen im Auto, am Rückspiegel schaukelte die Muttergottes von Braga mit den Schlaglöchern der Landstraße, und Senhor Olinto prahlte weiter, so und so, und war dann, als die Straße nach Santa Helena schon zu sehen war, ins Feld abgebogen, hatte unter einem Butternussbaum gehalten, den Motor abgestellt: »Wenn du willst, Mädchen, kann ich dich unterstützen«, sie müsste nur etwas nett zu ihm sein, »Senhor Olinto, das ist nicht richtig«, war sie entsetzt, und er verständnisvoll »Was, was ist nicht richtig, mein Kind?«, schon tief schnaufend, »ich kann, wenn du willst«, hatte versucht, sie zu küssen, zu fassen, »Senhor Olinto, Ihre Familie«, er außer sich: »Ich meine es ernst, Mädchen«. In ihrer Verzweiflung hatte sie die Tür aufgerissen, sich in die Büsche geschlagen, war still hocken geblieben, hatte beobachtet. Er war ausgestiegen, hatte wütend nach einem Stück Holz getreten, sich am Kopf gekratzt, »Mädchen, das war doch nur Spaß«, sei nicht dumm, komm zurück, sein Brüllen hatte durch die Stille der Steppe gehallt. »Mädchen«, wegen dir komme ich noch zu spät, sie blieb zusammengekauert wie eine piepsende Wildtaube. »Mädchen«, nun weniger geduldig, drohend, »es gibt hier auch Jaguare, hör nur, sie knurren schon«. Als sie noch immer nicht reagierte, war er eingeknickt, »Es ist mit mir durchgegangen, mehr nicht«, kannst ruhig wieder mitfahren. Und sie, voller Angst, dort alleine zu bleiben, von Tieren umzingelt, hatte nachgedacht. »Schwören Sie es bei Gott?« »Bei allem, was mir heilig ist«, er drückte einen Kuss auf seine gekreuzten Finger. Erst da war sie wieder hervorgekrochen, »na also«, zur großen Erleichterung von Senhor Olinto, der missmutig die nächsten zweihundert Kilometer gefahren war ohne ein Wort, und als er sie am Busbahnhof abgesetzt hatte, noch seine Hand in die Tasche gesteckt hatte, um ihr etwas Geld zuzustecken, »für den Anfang«, aus »heute weiß ich das« höllischer Angst, »dass ich ihn anzeige, das Schwein«, ein Mann mit Ansehen, Ansager auf Kirchfesten, »das ganze Geflatter«, ein riesiges Arschloch. Riverlândia hatte sie nie wieder gesehen, nie mehr von der Mutter gehört, auch nicht von den Brüdern, »wozu auch?«, nur Ärger, die Ödnis, rückständige Leute, unglücklich, in Goiânia hatte sie Arbeit gefunden, erst in einem kleinen Geschäft in der Rua Quatro, tagsüber Arbeit und abends Schule, Grundschullehrerin war ihr Traum, »kleine Kinder hatte ich gern«, und ihre Augen füllten sich mit Tränen, es war nicht leicht, hatte in einer Pension gewohnt, manchmal nicht einmal etwas zu essen, später, als sie schon als Verkäuferin arbeitete in einem schicken Klamottenladen im Shopping Flamboyant und sich eine Einzimmerwohnung mit einer Kollegin teilte, hatte sie die alberne Hoffnung aufgegeben, irgendwann zu studieren, und ein paar Jahre *von der Hand in den Mund* gelebt, bis sie schließlich von einer Bekannten erfuhr, dass Mädchen für Spanien *rekrutiert* würden, und sich überlegt hatte, auch mal an morgen zu denken, dort eine Weile zu leben, zu sparen, wieder zurückzugehen, sich in Goiânia niederzulassen, ein Dach über dem Kopf, Krankenkasse, nie heiraten, »Männer taugen alle nichts« (als sie das sagte, fiel ich ihr vorwurfsvoll ins Wort, denn es sei ja nicht ganz so, »Aber viele«, lenkte sie ein, unbemerkt), »Und hier bin ich nun«. Aber es mache ihr keine Freude, das müsse gesagt werden, mit Fremden ins Bett zu gehen, für dreißig oder vierzig Euro, mehrere in einer Nacht, und dann wieder tagelang bangen, ohne Kundschaft, sie träumte von einer *anständigen* Anstellung in einem der Läden in der Baixa-Chiado, Rua Augusta, Rua do Ouro, Rua da Prata, Rua do Carmo, Rua Garrett oder Avenida da Liberdade, schlich ganze Abende um die **Schaufenster**, voller Neid auf die **Verkäuferinnen,** die Arbeit hatten, die Europäerinnen, so weiß, fast schon hellgrün, die Japanerinnen, immer lächelnd, mit Tüten voll teurer Sachen, aber sie traute sich nicht, ihr Pass war längst abgelaufen, das Touristenvisum, wenn man sie erwischte, würde sie abgeschoben, ohne Diskussion in ein Flugzeug gesetzt und **tschüss**, **adeusinho**, das war's, außerdem schien ihr das auf die Stirn eingebrannt mit der Prostitution, und wo auch immer sie auftauchte, wurde sie abschätzig behandelt, **mit Füßen getreten**, als hätte sie **Aids** oder Lepra, also hatte sie sich resigniert in ihr Schicksal gefügt, so etwas lässt mich dann doch manchmal glauben, dass die Spiritisten vielleicht doch Recht haben mit dem, dass man in diesem *Jammertal* steckt, nur um zu büßen für Fehler aus einem früheren Leben, wie anders lässt sich das alles erklären?

Lissabon *riecht* nach Sardinen bei Hitze, und wenn es kalt ist, nach gerösteten Kastanien, das jedenfalls war mein Eindruck, als ich die Stadt vom einen Ende zum anderen erkundete, mit der **Metro**, der **Straßenbahn**, im **Bus**, im **Zug** oder zu Fuß, allein oder gemeinsam mit Sheila. Sie zeigte mir eine Menge **mordsmäßiger** Orte, das **Castelo** de São Jorge, den **Elevador** de Santa Justa, Belém (wo wir **Pastéis** aßen), das Entdeckerdenkmal und das Ozeanarium bei der Metrostation Oriente, wo man sich endlos zwischen Fischen hindurchschlängelt, gruselig die Haie und Rochen, winzigklein die anderen, wie ein Schwarm Singvögel unterwegs durch das Wasser, beeindruckend, dazu Seesterne, Seeigel, Quallen und so weiter, eine Eislandschaft mit **tapsigen** Pinguinen und ein Becken mit Ottern, aber das Wichtigste war die Fahrt mit der **Seilbahn**, Sheila war ganz aufgeregt, für sie war es das Größte, da unten der riesige Fluss, hinten die Vasco-da-Gama-Brücke, ein Ziehen im Magen, wie damals, als ich als Kind hoch zum Zuckerhut bin, Klassenfahrt im ersten Jahr der Mittelstufe an der Escola Estadual Professor Quaresma, was haben wir gestaunt, Rio, die Guanabarabucht, die Christusstatue, die Strände, der Wind, das Schwindelgefühl, jeder von uns war mit einem Foto auf einem Porzellanteller zurückgekommen, auf dem »Andenken an Rio de Janeiro« stand, meinen hat der Busfahrer einfach mit dem Rucksack ins Gepäckfach geschmissen, zu Hause merkte ich dann, dass er in drei Teile zerbrochen war, meine Mutter, die gute Seele, hat ihn mit Alleskleber repariert, nicht so schön, aber ich behielt ihn voll anhänglicher Liebe noch jahrelang, ich weiß nicht mal genau bis wann, ist wahrscheinlich irgendwann auf den Müll geflogen, an einem Putz-Samstag von Dona Zizinha, dann spazierten wir durch den Park der Nationen, so riesig, die Sonne brannte, in meinem Kopf hämmerte es, ich setzte mich an einen kleinen Wasserlauf, um kurz auszuruhen, zog die Schuhe aus, wollte die schmerzenden Füße erfrischen, plötzlich schoss vor mir eine Fontäne hoch und machte mich ganz nass, meine ganze Kleidung, ich sprang erschrocken auf, Sheila, die das Missgeschick hatte kommen sehen, hielt sich den Bauch vor Lachen, und auch wenn es mir gar nicht gefiel, dass ein

Ehepaar mit zwei Kindern, wieder ganz weiße Leute, schlank, groß, strohfarbene Haare, ebenfalls über mich lachte, die Kinder mit dem Finger auf mich zeigten, Eis am Stiel in der Hand, ich war sauer, musste ich, als ich Sheila so glücklich sah, dann auch lachen, obwohl sie mir nachher erklärte, sie hätte das vorher gewusst, mit dem *Spritzen*. In dieser Stimmung suchten wir uns ein **Straßencafé**, um ein **Imperial** zu trinken, **Sandwiches** zu essen, und ins Gespräch vertieft tranken wir noch ein Bier und noch eins, das Gesprächsthema wechselte, der Nachmittag wehte mit einer warmen Brise vorbei, wir wurden wehmütig, schwermütig, sie sagte »Serginho«, ich muss viel Geld zusammenbekommen, weil ich in Riverlândia mit vollen Taschen ankommen will, mit richtig viel Geld, sagen, wo es langgeht, um diesen *Großkopferten* zeigen zu können, »dass ich auch jemand bin«, nicht weniger wert als die Frauen dort, »oder sogar besser«, eigentlich, »weil ich erst nach Europa gehen musste, *mich durchschlagen*«, anders ging es ja nicht, »aber viele von den Madames da gehen einfach nur fremd, weil sie versaut sind«, dann fing sie an zu weinen, verzweifelt, und ich wusste nicht, was ich tun sollte, versuchte zu tun, als sei alles in Ordnung, damit nicht auch noch die anderen Gäste aufmerksam wurden, überlegte mir was, um sie zu trösten, was alles nur noch schlimmer machte, sie fing an zu schluchzen, also kam ich mit meinen Stuhl näher heran, nahm sie in die Arme, und weil ich mit meiner Weisheit am Ende war, schlug ich vor: »Sheila, und wenn wir *heiraten*?«, einfach so, ohne nachzudenken, ich hatte nur Mitleid mit ihr. Aber sie sprang auf, schnappte sich ihre Tasche und rannte davon, ich wollte hinterher, aber ich musste ja noch mit versteinerter Miene nach dem Kellner rufen, die Rechnung bitte, und warten, bezahlen, das Wechselgeld einstecken, dann flitzte ich los, aber dann war da ein Polizist, ich blieb stehen, *caramba*, wenn ich jetzt zu schnell ging, würde er mich vielleicht anhalten, weil er dachte, ich sei auf der Flucht, hätte irgendwas ausgefressen, dann wäre ich geliefert, von Polizisten bin ich traumatisiert, seit dem einen Mal, als wir der Freundin von Arcanjo ein Ständchen gebracht haben in Cataguases, so gegen drei Uhr in der Früh von Samstag auf Sonntag, jemand hatte die Polizei gerufen, ein Polizeiwagen war sofort zur Stelle und wir wurden alle auf die Wache geprügelt, alle zusammen in einen winzigen Raum gesteckt, mussten warten, bis ein Doktor Soundso kam, aufgeblasen wie sonstwas, und uns eine Predigt hielt, uns alles Mögliche an den Kopf warf: Vagabunden, Herumtreiber, Taugenichtse, Gesindel, uns beschuldigte, den Schlaf fleißiger Leute zu stören, und wenn es noch einmal vorkommen sollte, würden wir schon sehen, wie schön es hinter Gittern sei, wo *solche Tagediebe* sowieso hingehörten und so weiter, und da ich ja illegal war, ging ich ganz langsam weiter, so unauffällig wie möglich, blieb an jeder Ecke stehen, schaute mich um, keine Spur mehr von ihr, nahm die Metro, geknickt, ging zurück in mein Hotelzimmer, legte mich schlafen und erwachte erst wieder, als sich Madragoa mit Lärm füllte. Sheila blieb lange verschwunden, ich konnte ihre Reaktion ja verstehen. Ganz allein traute ich mich noch manchmal hierhin, mal dorthin, begeistert von den vielen Restaurants in der Baixa und trieb mich dort gerne herum, um den *Betrieb* mit dem im O Lagar do Douro zu vergleichen, zu sehen, wie sie dort ihre Gäste *bedienten*, das Essen, die Preise, wie viele Touristen dort waren, alles, woraus man *einen*

Eindruck bekommen konnte, bildete mich also weiter, menschlich und auch beruflich, und wenn ich heute einen Bogen um diese Gegend mache, dann nicht aus Feigheit, denn so etwas kenne ich nicht, sondern aus Vorsicht, denn Ärger ist das Letzte, was ich gebrauchen kann, einmal hätte es mich fast erwischt, einer dieser **Typen** sprach mich an, hielt mich wahrscheinlich für einen Gringo, »Marrirrhuana?«, ich reagierte gar nicht, nickte ihm nur freundlich zu, aber er winkte mich zu sich, die ganze Rua Augusta entlang, ich hinter ihm her, zwischen den **Straßenhändlern** hindurch, die sich überall in der Fußgängerzone breitmachen, und blieb dann stehen, hinter dem Triumphbogen, mitten auf der Praça do Comércio, ich sollte mich auf die Stufen einer grün angelaufenen Statue setzen, die dort herumsteht, und er verschwand. Nach ein paar Minuten kam ein anderer, streckte mir die Hand entgegen, ich stand auf, weil ich ihn auch begrüßen wollte, aber er flippte aus, »Bist du **doof**, oder was?«, ganz gereizt, »Marrirrhuana, Heroin?«, erst da verstand ich, dass der Kerl ein Dealer war!, »Hau bloß ab, Mann! Ich bin zwar arm, aber ehrlich«, er schubste mich mit weit aufgerissenen Augen beiseite, ich knallte mit dem Mund gegen dieses Gitter, das zum Schutz um das Denkmal herumsteht, und er verschwand Richtung Cais do Sodré, Mist!, irgendwo musste doch ein Polizist sein!, aber da fiel mir ein, dass ich ja keine Papiere hatte, wenn ich anzeigen würde, dass sie hier am helllichten Tag Drogen verkaufen, könnte das eher für mich ein Problem werden, also schlich ich mich weg, in die entgegengesetzte Richtung wie die, die der Verbrecher genommen hatte, stieg noch ganz durcheinander in einen Bus, stieg am Bahnhof Santa Apolônia wieder aus, ließ mich mit schlotternden Knien auf eine

Bank fallen, atemlos, zittrig, streckte mich aus, bis ich mich einigermaßen erholt hatte, aber noch heute, wo ich schon ganz woanders wohne und mich kaum noch dort unten sehen lasse, habe ich Angst, diesen Banditen noch einmal zu begegnen, und bin auf der Hut. Denn bei meinem Hitzkopf kann nicht garantieren, dass ich nicht doch eine Dummheit begehen würde.

Senhor Seabra pochte gegen die Tür meines Zimmers, es war noch nicht einmal sieben Uhr, ich war erst sehr spät ins Bett gekommen, weil im O Lagar do Douro so viel Betrieb gewesen war, wachte erschrocken auf, brennende Augen, »Senhor Sampaio, Senhor Sampaio«, brüllte er, »Telefon«. Mir wurde flau, atemlos, die Beine, das konnte nichts Gutes bedeuten, ich stellte mich auf das Schlimmste ein, Todesfall, Krankheit, jemand, der Geld braucht, irgendwas in Brasilien, Stela hatte ja die Nummer des Hotels, Semíramis auch, für den Notfall, aber niemand hatte je angerufen, ich überwies brav per *Uéstem Júnion* die *Unterstützung* für Pierre und Noemi auf das Konto meiner Schwägerin, mir selbst blieb für den Rest des Monats meist kaum etwas übrig, und natürlich sparte ich fleißig für die Immobilien in Cataguases, meine Altersversorgung, und Herr Carrilho schimpfte, »Ein Irrsinn«, dass ich mich verausgabte in dem Glauben, die *behinderte* Frau und meinen *bedürftigen* Sohn zu unterstützen, während, »Ich kenne die menschliche Seele«, die **Hure** von Stela und ihr Ehemann, der *Idiot*, sich wahrscheinlich die Taschen vollmachten, vom Feinsten aßen und tranken, es sich gut gehen ließen auf meine Kosten, »Wer sagt denn«, dass die *Unterstützung* ihre *Empfänger* tatsächlich erreicht?, das wurmte mich, ich bekam Lust, diese Wunde zu schließen, ein für alle Mal mit Brasilien zu brechen, zu verschwinden; als meine Mutter noch lebte, mein Vater, Gott hab' sie selig, hätte es noch einen Grund gegeben, ihnen keine Sorgen zu bereiten, wenn ich mich nicht meldete, aber so, wer vermisste mich denn?, weder meine Schwester, die hat ja ihren Josias, wenn auch nicht zu einhundert Prozent, Gerüchte sagen, er sei ein Weiberheld und hätte noch andere, angeblich sogar eine Minderjährige in Tomé, aber ich wollte es nie so genau wissen, das Leben der anderen interessiert mich nicht, und zu Hause war er treusorgender Vater und Ehemann, das muss meine Schwester schon selbst machen, ihn kontrollieren, wenn sie nichts sagt, dann ist alles in Ordnung, oder sie hat sich damit abgefunden, mit einem Hallodri unter einem Dach zu leben, ich jedenfalls wollte ihr Misstrauen nicht anstacheln, die Gerüchte kannte sie bestimmt, unmöglich, in Cataguases jemanden zu betrügen, ohne dass die ganze Stadt davon weiß, das Gesumme und das Geschwätz laufen auf Hochtouren, eine Orgie, und jeder gibt seinen Senf noch dazu, zu den Angelegenheiten der anderen, aber dann musste ich daran denken, wie unglücklich Pierre sein würde, der ja schon ohne Vater groß werden musste, ohne meine Ratschläge, meine Erfahrung, ohne jemanden, der ihn beschützt, wenn es sein muss, ihm zur rechten Zeit über den Kopf streicht und ihm ebenso rechtzeitig den Hintern versohlt, mit diesen Gedanken und auch bei der Vorstellung sauer, wie Stela die Leute stolz und aufgeplustert zum Grillen einlädt, von meinen sauer verdienten Euros, ihr Fett im Bikini spazieren trägt, das Böse hat ja die Gabe, die Leute fett und unansehnlich zu machen, schluckte ich meinen Stolz herunter und ging zum Rossio, das Geld einzuzahlen, und beobachtete beim Ausfüllen der Papiere die armen Teufel, Afrikaner, Araber, Inder, ein Babel der Hautfarben und Ethnien, zwei, drei zusammen in einer stickigen Telefonzelle, weinend, einmal, kurz vor Weihnachten, ist eine dunkelhäutige Dame, klein, dick und in bunt bedruckten Kleidern, die Haare schon angegraut, ohnmächtig geworden beim Telefonieren, wir sind sofort hingerannt, einer brachte einen Stuhl, ein Glas Wasser, einen Fächer, als sie wieder zu sich kam, die Füße wieder am Boden, schrie aus ihren kirschschwarzen Augen die ganze Verzweiflung heraus, in verdrehtem Portugiesisch, das kein Mensch verstand, aber wir alle spürten die Mutlosigkeit des Einwanderers, wenn man weiß, dass dieses Leben nichts taugt, wenn man nicht einmal hoffen darf, dort begraben zu werden, wo man geboren ist, und selbst die Leute, die sich übers Internet unterhielten, normalerweise von fremden Schicksalen völlig ungerührt, hielten inne, und plötzlich war es merkwürdig still im *Uéstem Júnion*, wie wenn man als Kind darauf wartet, dass ein leichtsinniges Vöglein beim Aufpicken der Körner tatsächlich in die Falle gerät, die man im Garten aufgestellt hat, da überkam mich eine wahnsinnige Beklemmung, ich musste an meine Leute denken, wie es ihnen da drüben wohl ging, ob sie wohl immer noch in ihrem Trott lebten, früh aufstehen, arbeiten, spät heimkommen, sich in der Beira Bar treffen, samstags Karten spielen, sonntags ausschlafen ... Also rannte ich hastig die Treppe hinunter, und am anderen Ende der Leitung war Sheila und flehte mich an. Sie müsse sich mit mir treffen, »so schnell es geht«, in einem Café an der Avenida Vinte e Quatro de Julho, »Ich bin schon da und warte auf dich«, ich hatte nicht einmal Zeit, sie zu fragen, was eigentlich los sei. Ich legte auf, berichtete Senhor Seabra, der den Aufruhr beobachtet und Unheil gewittert hatte, *so ungefähr* was passiert war, ging hoch, zog mir Handschuhe und Mütze über, die Wolljacke, und stürmte durch Madragoa, Sheila war völlig verzweifelt, **Handy** auf dem Tisch, Zigaretten, Aschenbecher, eine leere Tasse, die Augen verheult, wie ein Schulmädchen, das gerade von seinem Freund sitzen gelassen worden war, »Was ist denn passiert?« *Darüber* dürfe sie *leider* nicht reden, seufzte sie, »Vielleicht irgendwann einmal«, fragte, ob ich mitkommen könne nach Oeiras, sie müsse dort *jemanden* treffen, »Kannst du das für mich tun?«, flehend drückte sie meine Hand. Und ich: »Klar, du kannst dich auf mich *verlassen*«, da wurde sie etwas ruhiger, wir **frühstückten**, sie lenkte das Gespräch in eine andere Richtung. Dann überquerten wir eilig im Nieselregen die Fußgängerampel und nahmen den Zug bis zur Bahnstation Santos. Die ganze Fahrt über, zweiundzwanzig Minuten, ließ sie meinen Arm nicht los, ihr Kopf schlummerte an meiner Schulter, wie zwei Eheleute im Sonntagsstaat auf dem Weg zum Familienessen bei den Schwiegereltern waren wir, vor uns brodelte der Tejo, und für einen Augenblick vergaß ich die Welt, eingelullt in das Glück wie in einen molligen Schal.

Der Mann, eine **Hyäne**, wartete schon geschniegelt und gelackt an der Tür **dritter Stock rechts** eines vierstöckigen Mietshauses. Begrüßte uns höflich, ließ uns eintreten, führte uns seinen unerzogenen portugiesischen **Hirtenhund** namens Kilape vor, wir hängten unsere Jacken auf einen Kleiderbügel, setzten uns, er fragte beflissen, *womit* er behilflich sein könne. Befangen stellte Sheila mich vor, »Sérgio, ein Freund von mir«, und er legte los, »Brasilianer!«, er mochte uns, hätte er nicht all die *Verpflichtungen* in Portugal, wäre er *ganz gewiss* schon in Rio, »das Licht! Und »eure« *Musikalität*, »herrlich!«, São Paulo »vielleicht nicht unbedingt«, viel zu groß, »Ich brauche die Nähe der Menschen«, er war mir sympathisch, das muss ich zugeben, »Aber, meine Lieben, was habt ihr denn auf dem Herzen?«, ein bisschen tuntig vielleicht. Sheila erklärte, Senhora Rabelo, mit der sie geredet hätte, habe ihr gesagt, sie solle zu Senhor Almeida gehen, der könne ihr *Problem* ganz bestimmt lösen, »Ich schlage mich hier durch, so gut es geht, um die Familie in Goiás zu unterstützen«, und er sehr galant, »wir sind doch alle **womöglich** in derselben Situation, meine Lieben«, erklärte, er selbst sei zwar Bürger der Europäischen Union, fühle sich aber auch »wie im Exil«, als Angolaner mit Leib und Seele, esse nur **Calulu**, **Moamba** mit **Funji**, **Muzungué** mit Maniok, reichlich **Palmöl** und **Jindungo**, »allein bei dem Gedanken« würde ihm schon das Wasser im Mund zusammenlaufen, bekomme er Gänsehaut, »sehen Sie?«, er nahm meine Hand und strich mit ihr über seinen behaarten Arm, »Und du, mein Lieber?«, damit meinte er mich, »Was machst du hier?«, ich antwortete vorsichtig, ich sei im O Lagar do Douro beschäftigt, »Gibt es da immer noch diese herrlichen Makrelen?«, ich nickte schüchtern, »Aber sagen Sie, meine Liebe«, Sheila erzählte, nun stockend, mit gesenktem Kopf, sie brauche ein *Darlehen, dringend*, aufgrund einer *misslichen Lage*, »so um die« zweitausend Euro, »Nicht gerade wenig!«, erwiderte der Schieber erschrocken und fragte, welche *Sicherheit* sie denn bieten könne, und schaute dabei mich an, seine Hand auf meinem Knie, und schwadronierte, er habe Kämpfer der Nationalen Befreiungsfront von Angola angeführt, in den Bergen von Ambuíla geboren, als **Bursche** schon Zeuge des Elends der **Bakongo**, habe er sich der Sache angeschlossen, weil er ja **Erziehung** genossen habe, »In einer Baptistenmission in Uíge war ich auf der Schule«, mit achtzehn habe er ein ganzes *befreites* Gebiet kommandiert, doch Mitte der Achtziger sei er mit nichts als den Kleidern am Leib abgehauen nach Portugal, es sei ja »wozu?« alles vergeblich gewesen, im Busch habe er seine »Jugend« gelassen, Flüsse durchquert, seine Gesundheit im feuchten **Cacimbo** aufs Spiel gesetzt, im Kampf gegen die **Tugas** und auf der anderen Seite die Kommunisten, und nun sei Angola »so wie es ist«. Gott sei Dank »und aus eigener Kraft«, habe er es zu etwas *gebracht* und sei nun »in der Lage«, anderen unter die Arme zu greifen, »Wäre ich nicht, mein Lieber«, würde so mancher Brasilianer, Angolaner, Guineer, Mosambikaner, Kapverdier, Santomeer ganz schön in der Tinte stecken, »viele« ließen ihre *prekäre* Situation hinter sich, überwänden sie, sähen in ihrer verzweifelten Lage eine Herausforderung, »Einwanderer« seien viel fleißiger als die Europäer, »Also meine Liebe, was kannst du mir anbieten als Sicherheit?«. Hoffnungsvoll zog Sheila ihren Pass aus der Tasche und reichte ihn Senhor Almeida, der ihn, ohne mit der Wimper zu zucken, zurückwies, fast angewidert, »das reicht nicht«, »das reicht nicht?«, sie sackte in sich zusammen. Er schaute mich an, auffordernd, und ich, überrumpelt, stammelte, wusste genau, dass ich mich um Kopf und Kragen redete, »Also ... wenn ... es ... was Ernstes ist ...«, zog im Stehen mein eigenes Dokument heraus, das ich in einem Hüftgürtel versteckt unter der Hose trug, gleich über der Unterhose, Sheila jammerte, »Nein, Serginho, das sollst du nicht, das ist nicht in Ordnung«, ich bereute schon längst, konnte nun aber nicht mehr zurück und fragte, »Genügt das?«, und Senhor Almeida, der mir längst nicht mehr so sympathisch war, erhob sich aus seinem Sessel und verschwand mit den Pässen, sein Hund immer hinter ihm her, zu einer etwas entfernt stehenden Kommode und rief von dort aus zufrieden, »**Gebongt**, jetzt schon!« In dem Moment fiel mir ein Gespräch mit Rodolfo ein, den ich zufällig an der Rezeption des Hotel do Vizeu getroffen hatte, als er Herrn Carrilho seine *Lieferung* brachte. Er hatte mich eingeladen, mit ihm ein **Schlückchen** zu trinken, ich hatte sowieso frei, also gingen wir in eine **Tasca** in der Rua das Janelas Verdes, es war das erste Mal, dass wir etwas zusammen unternahmen, erst schüchtern, dann schnell wie Freunde, das Gespräch plänkelte so dahin, und ich hatte ihm erzählt, dass ich nur so lange wie nötig hier bleiben wollte, Geld sparen und dann in Cataguases Immobilien kaufen, »als Alterssicherung«, so schnell wie möglich zurückkehren, um bewundert zu werden von Pierre, »meinem Sohn«, vielleicht sogar mithelfen, dass die *arme* Noemi, »meine Frau, sie hat es mit den Nerven«, geheilt würde, aber, sagte ich ehrlich, seit ich Sheila begegnet war, sei ich etwas durcheinander, verliebt glaube ich, und hatte von ihr erzählt und womit sie ihr Geld verdiente. Er war erschrocken, »Bist du noch ganz dicht?«, und hatte mir dringend geraten, bloß die Finger davon zu lassen, »dahinter steckt eine richtige Mafia«, nein, bei ihr sei es anders, »Sie ist ja aus eigenem Antrieb gekommen, wegen ihrer Familie, um aus dem Elend herauszukommen«, erklärte ich, aber er hatte nur erwidert, »Es ist immer dieselbe Geschichte«, im Grunde ginge es um Gewalt, Drogen und Sklaverei, »Es geht mich nichts an«, aber er wolle mir raten, »Halt dich da raus«, und wenn sie *auch klasse* sei, »sie wird deine Ersparnisse auffressen, dich komplett ausnehmen« und: »Schreib es dir hinter die Ohren ... das ist so in dem ... *Gewerbe* ...« Ich hatte mich, nachdenklich geworden, zurückgelehnt, hatte nach Gegenargumenten gesucht, doch alles, was mir in den Sinn kam, bestätigte nur seine Argumentation. Rodolfo hatte weiter geredet, »Serginho, wir sind die Gelackmeierten«, hier in Portugal seien wir niemand, hätten »nicht mal einen Namen«, sind immer nur *Brasilianer,* »und in Brasilien, was sind wir da?«, auch nichts, *die anderen,* »Was für ein Scheißland!, Verbrecher und Gauner!«, er schwang sich fast zu einer Rede auf, »Damit es einem gut geht, muss man Politiker sein oder Bandit, was ja eigentlich auf das Gleiche hinausläuft«, denn der Arbeiter, der nach der Stechuhr oder von Sonnenaufgang bis Sonnenuntergang auf dem Feld schuftet, der stirbt auch als armer Mann, oder »Kennst du in deiner Stadt einen«, der arm und ehrlich geboren wurde und dem es gut geht, »wirklich gut«, und der sich keine Sorgen machen muss bis zum Ende des Monats?, »Nein, natürlich nicht«, denn das geht nur, wenn du *Familie* besitzt, zu einer der Familien gehörst, die das Land immer schon ausbeuten, und dafür machen sie Politik, »um ihren Dünkel zu pflegen«, redete er aufgewühlt, »Zum Beispiel in Paraíba« hat ein halbes Dutzend Familien das Sagen, schon seit sich die Welt dreht, »Wäre ich drüben geblieben, Serginho, wär' ich zum Verbrecher geworden«, hätte mir einen Karabiner gekauft und wäre auf die Jagd nach diesen Reichen gegangen, »Ich wäre draufgegangen, das weiß ich, aber vorher hätte ich irgendwas angestellt«. Ich fragte, ob er tatsächlich den Mut gehabt hätte, und er hatte nur still zu den Dächern der alten Häuser hinaufgeschaut, den bunten Blumenkästen, der Wäsche an den kreuz und quer gespannten Leinen, geseufzt und tonlos geantwortet, natürlich nicht, »Deswegen bin ich ja weg«, traurig, »Serginho, es ist eine Illusion«, nichts als Illusion, wenn wir glaubten, wir kämen eines Tages wieder nach Hause, »Das kommen wir nicht«, Not frisst doch unsere Ersparnisse auf, »Die kranke Mutter in der Schlange der staatlichen Gesundheitsstation, der Vater mit Prostatakrebs braucht ein teures Medikament, ein Bruder will auf die Schule gehen, eine Schwester heiratet, ein Neffe macht Probleme«, das Haar wird licht, es kommen die Falten, »Und ruck-zuck« sind fünf Jahre vergangen, »Und weißt du, wie viel ich gespart habe? Nichts ... Nicht die Bohne«, voller Wut hatte er mit der Hand auf die Tischplatte geschlagen, und schnell war der Kellner gekommen und hatte die Rechnung gebracht. Auf der Straße waren wir in unterschiedliche Richtungen auseinandergegangen, und an jenem verregneten Nachmittag, der langsam zum Abend wurde, war ich entschlossen gewesen, Sheila aufzugeben, warum sollte ich meine Zeit vergeuden, lieber wollte ich mich darauf konzentrieren, Geld anzusparen, um bald zu den Meinen zurückzukehren.

Nach der Sache mit den Pässen habe ich Sheila nie wieder gesehen. Aber Lopo Garcia bin ich begegnet, dem Dichter oder Schriftsteller, was auch immer, aus dem Ao Recanto dos Caçadores, Portugals Intellekt in Person, der Portugals Geschichte neu schreiben wird. Direkt vor der Kathedrale, ein Schild um den Hals mit der krakeligen Aufschrift »Kaufen Sie diesen Mann«, lange, in alle Richtungen abstehende Haare, die Kleidung derangiert, predigte er zu den Passanten und hastete dabei auf und ab: »So wollen sie Portugal haben«, vor dem übrigen Europa auf Knien, »Wir sind nicht mehr Herr in unserem eigenen Haus«, die Spanier hätten sich allem *bemächtigt*, bald seien nur noch die Schulden übrig, »Und wer muss die bezahlen?«, er grapschte nach den konsternierten Passanten, ich!, du!, kommende Generationen!, »Erledigen wir das lieber gleich! Verkaufen wir uns, solange noch Zeit ist!«, brüllte er außer sich, und als er mich unter den umstehenden Leuten sah, nahm er mich am Arm und fragte mit lauter Stimme, »Was glaubst du, wie viel bin ich wert, sag schon?«, und ich, dachte, er hätte mich wiedererkannt aus der Zeit, als ich in seiner **Tasca** zu Mittag aß, kramte in meiner Tasche und antwortete scherzhaft, »Fünf Euro«, er riss mir den Schein aus der Hand und brüllte, wieder auf und ab gehend, »Fünf Euro!, fünf Euro, Leute!«, sogar ein Brasilianer darf heute schon auf einen Portugiesen bieten, und schauen Sie sich nur an, wie wenig, »Ist es das, was wir wert sind?«, brüllte er die erschrocken vorbeieilenden Leute an, »Der Brasilianer hier will mich für fünf Euro kaufen! Mich, einen waschechten Lusitanier!, kein **Retornado** aus den Kolonien, sondern ein legitimer Nachfolger des Viriathus!, fünf Euro! Ist es das, was wir noch wert sind?«, er wälzte sich auf der Kirchentreppe und strampelte mit den Beinen, bedrängte brüllend die Passagiere der Straßenbahn und ging wütend auf verschreckte Touristen mit Rucksack und Stadtplan los, mir war das längst nicht mehr geheuer, auch weil alle, auch die, die kapiert hatten, dass der Typ wahnsinnig war, mich nun böse anschauten, vorwurfsvoll, vielleicht weil sie glaubten, ich würde zu ihm gehören, wollte mein Geld wiederhaben und verschwinden, doch da kam die Polizei, machte das Gemenge nur noch schlimmer, ein

Aufruhr, ein Herr in einem Anzug hob zum Protest an, »Lassen Sie den Mann doch die Wahrheit sagen«, doch sie trieben die Leute auseinander und sammelten Lopo Garcia ohne Umschweife ein, der noch als er von zwei Beamten abgeführt wurde, über Gott und die Vereinigten Staaten fluchte, schleiften ihn bis zum Auto, schoben ihn hinein und brausten, ohne dass ich mein Anliegen hätte vorbringen können, mit eingeschalteter Sirene davon, mein Geld war weg, hoffentlich begegne ich diesem Irren noch einmal auf der Straße, dann hole ich mir meine fünf Euro zurück, dann soll er mal sehen, was ein Brasilianer wert ist, erst recht fern seiner Heimat, auch wenn Carrilho meint, es sei aussichtslos, ich könne es vergessen, »Künstler sind so«, sie leihen sich etwas und geben es niemals zurück. Schlimmer noch, Ivan, der verrückte Hund, sagt immer, Pech ist wie die Geier, es kommt nie allein, nach etwas mehr als einem Jahr Plackerei im O Lagar do Douro nahm mich Senhor Peixoto eines Sonntags nach der Arbeit beiseite und verkündete, während er Tintenfische, Oktopus, Krabben und **verstehst du** in der Kühltheke sortierte, dass ich entlassen sei, »Nichts gegen Sie persönlich«, mit Bedauern, aber er hatte noch einen Ukrainer eingestellt, »Die kommen zu uns« entschlossen und gut ausgebildet, »können Englisch, Französisch« und sind qualifizierter für dasselbe Geld, »der Anatólio zum Beispiel« sei Agraringenieur, sie wollen sich hier *tatsächlich* ein neues Leben aufbauen, die Brasilianer denken immer nur daran, zurückzugehen, »In der Summe«, sei es unter dem Strich *vernünftiger, Osteuropäer* einzustellen, und außerdem »Nimm es nicht persönlich, **Mann**« lassen sich die Gäste viel lieber von einem Blonden mit blauen Augen ansprechen, »nicht meine eigene Meinung, die

Brasilianer« seien viel *freundlicher*, aber der Kunde sei König, »Das weißt du«, und wer weiß, hätte ich ihn nicht unterbrochen, »Verstanden, Senhor Peixoto, ist schon in Ordnung«, hätte er, der normal mit den Worten recht sparsam war, ewig weitergeredet, meine Gedanken ganz durcheinander gebracht, denn mein Kopf brummte, mein Hals war zugeschnürt, als läge ein unbekanntes Parfüm in der Luft, ich japste, drehte mich um und setzte mich benommen an einen kleinen Tisch neben der Tür, Anatólio stolzierte höhnisch mit einem Gesichtsausdruck wie Ich-habe-damit-nicht-das-Geringste-zu-tun auf und ab, doch die Erleichterung war ihm anzusehen, er hatte mich nie gemocht, schon vom ersten Tag an nicht, aus lauter Angst, ich könne ihn übertrumpfen in *Galanterie*, ich sprach ja schon mit den Ausländern *hau arju, kän ai helpju, gud mihl, gude praiße*, anbiedernd, freundlich, geschäftig, wahrscheinlich hatte er mich bei Senhor Peixoto schlechtgemacht, damit dieser seinen Landsmann einstellte, das Riesenarschloch, und Nino wollte mich trösten, die gute Seele, und brummte zwischen seinen traurigen Zähnen hervor: **Panga bariga ka ta kontra ku bunda largu**, in seiner Sprache: Die Riesenarschlöcher bekommen nie Durchfall, natürlich, ich würde darüber hinwegkommen, aber eine Müdigkeit überkam mich, lohnte es sich überhaupt, weiterzumachen?, arbeitslos, ohne Papiere, Senhor Peixoto überreichte mir einen Umschlag, das Geld für den Monat und einen Aufschlag, damit ich die Klappe hielt, ich zog mich um, sammelte meine Sachen zusammen, umarmte Nino, sagte Dona Celestina **adeus**, nickte Anatólio zu und ging langsam das Bairro Alto hinunter durch das Gewimmel der jungen, bleichgesichtigen Bohnenstangen, die fröhlich betrunken zu den Docks unterwegs waren, auf der Suche nach einem Ort, um zu tanzen und weiterzutrinken, dabei Paare anrempelnd, gut gekleidete Damen und Herren, die in umgekehrter Richtung in die Gemütlichkeit der **Fado-Lokale** unterwegs waren. Nächte, Vormittage, Abende lang ertappte ich mich dabei, wie ich Sheila suchte, so hartnäckig, dass ich, von den einen für einen **Spitzel** gehalten, von anderen für einen **Bullen**, irgendwann unter Drohungen aufgeben musste. Als mein Handy leer war, fragte ich mich rund um die Conde de Redondo durch, stöberte in **Etablissements** und Stundenhotels, legte mich vor ihrem Haus auf die Lauer, erfolglos: Niemand wusste angeblich von nichts, argwöhnisch. Ich bin zwar aus Cataguases, aber deswegen noch lange nicht dumm, sah genau, wie der Hase lief, wenn ich nicht aufpasste, hätte ich bald noch mehr Probleme am Hals. Also blieb mir nichts anderes übrig, ich konnte ja nicht zur Polizei gehen und anzeigen, dass Sheila verschwunden war, und mit ihr mein Pass, sah mich schon von Senhor Almeida verfolgt, im Bus, in der Straßenbahn, in der Metro, im Zug. In meiner Verzweiflung bin ich heimlich aus dem Hotel do Vizeu abgehauen und erst mal bei Rodolfo in Damaia untergekommen, bis mir Jerê etwas in einer kleinen Pension ohne Namen in Buraca besorgt hat und eine Arbeit als Handlanger auf einer Baustelle in einem Wohnblock in Amadora. Und so bin ich dann, nach sechseinhalb Jahren oder so, wieder in einen Tabakladen gegangen, habe mir ein Päckchen SG gekauft und ein Feuerzeug, habe eine Zigarette herausgenommen, sie angesteckt und wieder angefangen zu rauchen.

LUIZ RUFFATO

ES WAREN VIELE PFERDE

Aus dem Portugiesischen von Michael Kegler

São Paulo, ein Tag im Mai 2000. In 69 Szenen – Schlaglichtern, Stimmen, Gedanken – entwirft der erste Roman des brasilianischen Ausnahmeautors Luiz Ruffato ein kaleidoskopisches Bild der Megacity São Paulo mit ihrem Glamour, ihrem Elend, ihrer Verlogenheit und ihrem Schmerz.

Jede der Geschichten hat eine eigene Stimme, einen eigenen Ton, eine eigene soziale Färbung. Mit fast paranoider Präzision gelingt es Luiz Ruffato, den Klang, die Gerüche, die Farben, die Angst einer 22-Millionen-Stadt poetisch exakt zu erfassen und zu dem verstörenden Porträt einer zerrissenen Gesellschaft zusammenzusetzen.

»Ein Revolutionär der brasilianischen Literatur, ein Weltliterat. Der vielleicht wichtigste brasilianische Roman der letzten Jahre. São Paulo, das ist der babylonische Wahnsinn.«

Mathias Schnitzler, Frankfurter Rundschau

»So hautnah, dass es schmerzt. Brutal ist die Realität von São Paulo, doch wird sie hier mit solcher poetischen und humanen Emphase beschrieben, dass daraus auch Hoffnung entwächst. So etwas vermag nur große Literatur zu leisten.«

Cejana Di Guimarães, Neue Züricher Zeitung

Hotlist der zehn besten Bücher der unabhängigen Verlage 2013

ISBN 978-3-86241-420-8
160 Seiten | gebunden | 3. Auflage
E-Book 978-3-86241-601-1

LUIZ RUFFATO

MAMA, ES GEHT MIR GUT

Aus dem Portugiesischen von Michael Kegler

Schonungslos beschreibt Luiz Ruffato die Härte, die Entbehrungen und die Grausamkeit des Landlebens, das die Welt italienischer Einwandererfamilien im Hinterland der Berge von Minas Gerais in der ersten Hälfte des letzten Jahrhunderts prägt.

Das Buch bildet den Auftakt des Romanzyklus »Vorläufige Hölle«, mit dem Ruffato den Armen, den einfachen Leuten, den Migranten eine Stimme verleiht. Er hebt sie aus ihrer literarischen Vergessenheit und lässt so die Geschichte des brasilianischen Proletariats wieder auferstehen. Innere Monologe alternieren mit poetischen Passagen, mit Szenen von dramatischer Intensität. Unprätentiös, frei von Sozialromantik und auf höchstem literarischen Niveau. Ruffatos Saga des proletarischen Brasilien ist nüchtern, schmerzhaft und kompromisslos.

»Brasilianische Proletarier, Migranten, Farbige: Ihr Leben ist eine Hölle, die nicht enden will. Ruffato berührt die offenen Wunden der brasilianischen Geschichte, den Rassismus, die permanente Gewalt. Luiz Ruffato – ein moderner Dante.«

Ruthard Stäblein, Hessischer Rundfunk

ISBN 978-3-86241-421-5
160 Seiten | gebunden | 2. Auflage 2013
E-Book 978-3-86241-604-2

LUIZ RUFFATO
FEINDLICHE WELT

Aus dem Portugiesischen von Michael Kegler

Zé Pintos Gasse, eines der Armenviertel der Textilindustriestadt Cataguases im Landesinneren Brasiliens, ist Dreh- und Angelpunkt dieses zweiten Teils des Romanzyklus »Vorläufige Hölle«. Sie ist Zwischenstation und vorübergehende Heimat derjenigen, die aus dem kargen, archaischen Leben auf dem Land in das Elend der Städte ziehen. Wohnstätte der Dienstboten und Industriearbeiter, Ausgangspunkt der nächsten Migration. Ziel der vergeblichen Rückkehr.

Mit geradezu körperlicher Empathie stellt Luiz Ruffatos Projekt einer Geschichte des brasilianischen Proletariats Individuen in den Vordergrund, die umgeben von einer großen und feindlichen Welt im Sog der Geschichte zu überleben versuchen.

»Die Unterschichtsaga ›Vorläufige Hölle‹ hat den 52-Jährigen endgültig zu einem der wichtigsten Vertreter der zeitgenössischen Literatur Brasiliens werden lassen.«
Victoria Eglau, dradio Büchermarkt

»Dieser Mann ist viel zu gut, um wahr zu sein. Luiz Ruffato ist der Erzähler der Stunde, dem wie keinem anderen zurzeit die glaubwürdige und aufregende Vereinigung von Form, Inhalt und Moral gelingt.«
Mathias Schnitzler, Berliner Zeitung

ISBN 978-3-86241-430-7
192 Seiten | gebunden | Deutsche Erstausgabe
E-Book 978-3-86241-605-9

RUFFATO, LUIZ (HG.)

DER SCHWARZE SOHN GOTTES

16 Fußballgeschichten aus Brasilien

16 Autorinnen und Autoren erzählen in dieser einzigartigen Anthologie Geschichten um und über den Fußball in Brasilien. Über die Träume, Hoffnungen und Wünsche, die sich bei so vielen Brasilianern damit verbinden. Die Erzählungen zeigen, dass Fußball das Terrain großer und zuweilen von Angst besetzter Gefühle ist, aber auch leise und einfühlsame Töne zulässt. Und dass auch Fußballnieten imstande sind, ein glückliches Leben zu führen.

»Wie bei Ruffato nicht anders zu erwarten, stehen nicht Samba, Sonne oder Stars im Vordergrund. Die meisten Geschichten handeln von Menschen, die nicht im Flutlicht stehen. Die 16 Fußballgeschichten aus Brasilien zeigen Szenen jenseits sambatanzender Straßenkicker. Wer anlässlich der WM nach alternativen Zugängen zum Gastgeberland Brasilien sucht, wird in dieser vielseitigen Fußballanthologie garantiert fündig werden.«
Tobias Lambert, Lateinamerika Nachrichten

»Luiz Ruffato sorgte zur Eröffnung der Frankfurter Buchmesse für einen Eklat. Kein Wunder, dass er eine Fußball-Anthologie vorlegt, die weh tut. Auch der Fußball ist Teil der Abgründe dieses Landes, mindestens so sehr, wie er ein Teil seiner Schönheit ist.« (*n-tv*)

ISBN 978-3-86241-428-4
184 Seiten | gebunden | Originalausgabe
E-Book 978-3-86241-606-6